ELOGIOS PARA *LAS BICHOTAS*

"Anjanette Delgado narra como nadie la violencia de género que se vive en Puerto Rico, el Caribe, Latinoamérica entera junto a sus diásporas. Nombra en vivo y en directo lo que cuesta ser mujer propia en estos tiempos y territorios, más allá de lo que el 'feminismo de perlas' permite narrar. *Las bichotas* aterriza el odio y la violencia machista en los ojos y en la piel, fabulando las experiencias de la multitud de mujeres que lo enfrentan en la calle, el trabajo, las instituciones, las industrias culturales, la niñez, la adolescencia, la vida. Este libro es tan necesario para la literatura en español. Está muy bien logrado: de prosa ágil, cautivante, sutil y descarnada. *Las bichotas* es el libro que nos hacía falta".

—Mayra Santos-Febres, autora de *La otra Julia* y *Mujeres violentas*

"La ficción de Anjanette Delgado es irreverente e íntima, llena de mujeres vulnerables y fuertes, que se proponen descubrir el mundo que pueden construir para sí mismas. Los relatos de Delgado son vibrantes y llenos de vida. Estaré pensando en su libro durante mucho tiempo".

—Jaquira Díaz, autora de *This is The Only Kingdom* y *Muchachas ordinarias*

ANJANETTE DELGADO

Anjanette Delgado escribe sobre sexilio, desarraigo y justicia social. Ganadora de un premio Emmy por su periodismo de interés humano, es autora de las novelas *La píldora del mal amor* (Atria, 2009) y *La clarividente de la Calle Ocho* (Suma, 2014).

Ha escrito poesía, ficción y ensayos para *The New York Times* (Modern Love; Opinión), NPR, *The Kenyon Review, Prairie Schooner, Hostos Review* (CUNY) y Tupelo Quarterly, entre otros.

Editó la antología *Home in Florida: Latinx Writers and the Literature of Uprootedness* (University of Florida Press, 2021), que mereció la Medalla de Oro por ficción colectiva en los Latino International Book Awards 2022.

Sus obras de no ficción incluyen *El sexilio* (La Criba, 2024) y *Cómo querer a un cubano* (Suburbano, 2025).

Anjanette se graduó de la Escuela de Comunicación Pública de la Universidad de Puerto Rico, Recinto de Río Piedras, y posee una maestría en escritura creativa de la Universidad Internacional de la Florida.

www.anjanettedelgado.com

LAS BICHOTAS

Anjanette Delgado

VINTAGE ESPAÑOL

Primera edición: julio de 2026

Publicado por Vintage Español®, marca registrada de
Penguin Random House Grupo Editorial USA, LLC
8950 SW 74th Court, Suite 2010
Miami, FL 33156

Impreso en Colombia / *Printed in Colombia*

Información de catalogación de publicaciones disponible
en la Biblioteca del Congreso de los Estados Unidos

ISBN: 979-8-89098-611-5

Para nosotras, las caballotas.
Las perras, las divas, las potras.*

* Del icónico verso de la rapera feminista puertorriqueña Ivy Queen, que aparece en el clásico del reguetón "Los 12 discípulos".

NOTA DE LA AUTORA

A lo largo de este libro, el uso del término *mujer*, junto con sus pronombres, incluye a todas las personas que se identifican como mujeres, así como a personas no binarias y a todo sujeto feminizado dentro del orden social, independientemente de su identidad de género.

De igual forma, al utilizar el término *hombre*, junto con sus pronombres, me refiero a quienes se identifican como hombres y a aquellas personas no binarias o de cualquier identidad que encarnen, reproduzcan o sostengan el pensamiento patriarcal.

CARTOGRAFÍA BICHOTA

Al final encontrarás música para escuchar con cada cuento, otros recursos, y ayuda para cuando la necesites.

BICHOTA
/biˈtʃota/

bichota

Del puertorriqueño urb. *bichote*, y este del ing. *big shot*.

1. n. De *bichote*, falo de gran tamaño.

2. n. De *bicho*, *insecto*. Del fr. *bestiole* o *insecte*.

3. n. De *bichote*, palabra que se origina en Puerto Rico como aberración adaptada (o adaptación aberrada) del *big shooter* estadounidense (matón), y *big shot* (persona con voz y voto, importante o de gran influencia) y que en el archipiélago caribeño se refiere al ostentoso jefe de un punto de drogas.

4. n. *Bichota* en referencia al término popularizado por la cantante colombiana Karol G en su tema que lleva la palabra por título, y para el cual adaptó la connotación puertorriqueña de la palabra *bichote* a una que representara el poder femenino. "Quería crear una bichota, pero

que su significado fuera una chica jefa perra, poderosa, genial, increíble, haciendo sus cosas por ella misma".*

Así mismo, las mujeres en estos cuentos están hartas, cansadas, "curás de espanto". Han sido engañadas, limitadas, golpeadas, asesinadas, controladas, violadas o manipuladas. Están bien encabronadas y van a hacer algo por fin. O ya lo hicieron y estos cuentos son el final de sus historias, pero no el final de las nuestras.

Este es, entonces, un brindis en forma de cuento por las que no vivieron para convertirse en bichotas. Por las que aún tenemos la oportunidad de serlo. Que toda niña crezca sabiendo que esta es su vida y que, cuando crezca, la única jefa, la dueña de ella misma, debe ser ella.

* Redacción. (2022, 25 de junio). ¿Qué es una bichota? El término que Karol G hizo popular. *El Tiempo Latino*. Recuperado de https://eltiempolatino.com/2022/04/25/cultura/que-es-una-bichota-el-termino-que-karol-g-hizo-popular/

PREÁMBULO FORTALECEDOR PARA BICHOTAS

La violencia contra las mujeres es la historia de la civilización. No existen evidencias conocidas de una sociedad donde la misoginia y la violencia sistemática contra la mujer no haya existido.

—Silva, A. d. S. e S. (1), García-Manso, A. (2), & Sousa da Silva Barbosa, G. (3). (2019). Título del artículo: Una revisión histórica de las violencias contra mujeres. Rev. Direito e Práxis, volumen 10, n.° 1, pp. 170-197. DOI: 10.1590/2179-8966/2018/30258|ISSN: 2179-8966

Una persona feminista es cualquiera que reconozca la igualdad y la plena humanidad en mujeres y hombres.

—Gloria Steinem, activista feminista y fundadora de *Ms.*, la primera revista feminista y la primera creada y dirigida exclusivamente por mujeres

No hace falta ser antihombre para ser promujer.

—Jane Galvin Lewis, fundadora de la Organización Feminista Negra Nacional

Si valoramos lo que hemos heredado de manera gratuita del esfuerzo de otras mujeres que lucharon antes, sin duda es moralmente ético levantarnos y decir: sí, soy feminista.

—Annie Lennox, cantante, compositora y activista británica

El machismo es el miedo de los hombres a las mujeres sin miedo.

—Eduardo Galeano, escritor y periodista uruguayo

Si me arrancas todo el aire que respiro/ Y mi voz la vas dejando sin sonido/ Si te crees que yo sin ti no sobrevivo/ ¿Por qué me temes?

—iLe, cantante y compositora puertorriqueña, en su canción de 2019, "Temes"

Mi silencio no me protegió. Tu silencio no te protegerá.

—Audre Lorde, escritora y activista afroamericana

Ignoramos nuestra verdadera estatura hasta que nos ponemos de pie.

—Emily Dickinson, poeta estadounidense

Existen pocas armas en el mundo tan poderosas como una niña con un libro en la mano.

—Malala Yousafzai, defensora de la educación para niñas en Pakistán. Premio Nobel de la Paz en 2014

ALTOPARLANTE

Otra vez no pudo evitarlo. El cliente no quiso entender razones y pidió —más bien, exigió— hablar con su supervisor. Así fue como ella terminó saliendo una vez más a las once y quince en lugar de a las diez de la noche.

El problema no era que fuera de noche. El problema era que, saliendo a las diez, podía llegar y encontrar a sus vecinos aún despiertos, con patios alumbrados y marquesinas encendidas. Esas luces compensaban la falta de faroles en su barrio pobre, ubicado en lo profundo del *norwés* de Miami, pero solo si lograba salir a las diez. Solo si lograba llegar a tiempo para escuchar a algún que otro auto pasando por allí con la música retumbando a todo *boom*.

Pero gracias a que su viejo Nissan —tan oxidado que ya no era rojo sino granate— no podía ir más rápido de cincuenta millas por hora sin emitir ruidos de anciano fumador desde la cuna —todo golpeteos de garganta y estallidos de tos repentina—, salir a las once y quince significaba llegar rondando la medianoche a su casa, como una cenicienta sola y muerta de miedo. A esa hora en la que ya no había señales de vida que le sirvieran de guardaespaldas ni personas caminando por la acera que, sin saberlo, la escoltaran hasta su puerta.

De día, su barrio era como cualquier otro: de colores brillantes ya sucios y de gente cansada de trabajar. Pero de noche se transformaba, convirtiéndose en parque de recreo para divorciados de la sociedad, de las leyes, de los trabajos, de las reglas.

Hasta cierto punto, ella era uno de ellos. Una excluida social viviendo en un "apartamento" que en realidad era un *efficiency*: solo una pequeña habitación con un baño curtido que ella insistía en blanquear con lejía, y un microondas cuya puerta requería ser apuntalada con un libro. Daba igual. El caso es que era una excluida. Pero excluida o no, ella no amenazaba la paz de nadie.

No como aquellos hombres haciendo quién sabe qué en la oscuridad del parque de béisbol que se extendía a lo largo de la acera de enfrente. Parecían actores en una función que siempre comenzaba alrededor de la medianoche, y que solo ella veía: una obra teatral que comenzaba con doce campanadas figurativas y convertía a las casas alineadas de su acera en calabazas, en espectadoras apáticas de un *show* que no entendían ni tenían apuro por entender.

El escenario era el parque, con todas sus luces apagadas salvo por pedacitos de luz de estrella posados como rocío sobre el oscuro teatro improvisado que las casas observaban en silencio. ¿Quiénes eran los actores? Ella veía las siluetas de los marginados y le parecían, más que actores, tenores acusados de cosas impropias, que se negaban a cantar pero no a vender y a comprar, calculando locura por cantidades, empaquetándola, negociando explosiones y otros humos prohibidos. Cada figura un fantasma en la ópera oscura de aquel vecindario inmigrante e invisible.

Apenas hacía una semana que ella había confirmado que aquellas sombras que solo veía cuando llegaba tarde a casa eran, realmente, hombres. Su trauma y su "negativa a seguir adelante" no los habían imaginado.

Allí estaban: tatuados, en camisetilla, caminando con sus andares encorvados, vistiendo pantalones sujetos precariamente a la altura de las rodillas. Alrededor de ellos, una niebla plateada y la ocasional llama dorada de un cigarrillo, quizás legal. Llevaban cadenas pesadas y, cuando ella llegaba en su auto, dejaban de hacer lo que estaban haciendo para observarla. Sus posturas desafiantes, bravuconas, parecían preguntar: "¿Qué miras? ¿Acaso se te perdió algo aquí?".

Pensando que todavía le quedaba algo de la rebeldía de antes, ella intentó varias veces devolverles la sorna. Mirarlos con el mismo detenimiento con que ellos la miraban a ella. Decirles con los ojos que lo que a ella se le había perdido era que vivía ahí y que iba a entrar a su casa tranquila, sin importar lo que hicieran.

Pero cuando lo intentó, queriendo devolverles aquello con lo que intentaban intimidarla, vio enemigos, mercenarios, potenciales violadores. Terminó recordando cosas que no tenía caso recordar. Cosas que luchaba a diario por no recordar. Así que dejó de mirarlos y aprendió a entrar en su propia casa con la vista fija en el concreto que pisaban sus pies.

Una noche, a ellos "les cayó el veinte". Se dieron cuenta de que ella les temía de esa manera en que las mujeres temen a los hombres porque son hombres. Entonces comenzaron a silbarle, a acercarse en manada cuando ella llegaba, haciéndola correr hasta su puerta, apresurándola a tirar el cerrojo, varias veces dejando el carro sin seguro ni alarma, y el litro de leche y los chocolates recién comprados en la gasolinera abandonados sobre el asiento del pasajero toda la noche.

Sí, claro que sí llamó a la policía. Y vinieron. Cuarenta y cinco minutos después llegaron para decirle que quizás lo más práctico era tratar de llegar un poco más temprano a su casa. Entendían su consternación, pero no podían actuar si los hombres a los que acusaba no le habían hecho nada todavía.

—¿Todavía? —preguntó ella, queriendo asegurarse de haber escuchado bien. Por respuesta, los policías apretaron los labios y se fueron.

Después de eso, ya no quería llegar a su casa, pero no tenía a dónde ir realmente. Su madre haría mil preguntas y le echaría la culpa de todo. Sus amigas estaban ocupadas con sus parejas. Se había enterado por Facebook que hasta su propio ex ya tenía novia nueva.

En el trabajo no tenía amigos, quizás por no tener tiempo para socializar fuera de horas. Pero había un compañero de unidad con el que se llevaba bien en el centro de llamadas para servicio al cliente donde trabajaba. No es que lo conociera mucho, pero era gentil, y le había escuchado decir que vivía con sus padres.

Una noche en la que ambos tuvieron que quedarse más tarde de lo usual, ella le contó lo que le había estado sucediendo con los tatuados y la ansiedad que le causaba llegar tarde a casa. ¿Sería que podría quedarse a dormir en su casa solo por esa noche?

Él estuvo de acuerdo, pero no bien se había quitado los zapatos y comenzado a acomodar la almohada y las sábanas que él le había entregado con parsimonia expectante, se dio cuenta del error que había cometido. Su compañero de trabajo había asumido que toda "su cantaleta" había sido una artimaña femenina, un coqueteo para lograr su verdadero objetivo en la vida: acostarse con él.

—Mira, disculpa, pero este no es un hotel. Es la casa de mis padres, flaca: aquí solo traigo a gente que viene a estar conmigo. Disculpa que te lo diga así, pero, pues...

Ella tenía que seguir trabajando con él, así que se disculpó por el malentendido, pero él siguió discutiendo, agraviado.

—Es que no sé. No entiendo tu cojudez. Si tienes miedo, pues para eso están los perros. Te compras uno y ya está, ¿no? —fue lo último que le dijo antes de cerrar la puerta de golpe tras ella.

¿Un perro? ¿Dónde se suponía que ella metiera un perro? Trabajaba todo el día. Su casero jamás lo permitiría. Además, no tenía dinero para un perro. En verdad lo que no tenía era el alma, el aliento de vida, para un perro.

A la tercera semana de tensión y sustos, sorprendió a uno de los tatuados espiándola por una ventana y soltó un grito tal que a ella misma le heló el corazón. Un grito como el de la persona que se había jurado que jamás sería cuando le tocara ser "adulta".

Aquel grito la sacudió. Le cambió algo. Hizo que sintiera lástima de sí misma, un sentimiento que odió porque le mostró a la mujer en la que se había convertido:

pobre, sola, "apendejada", como diría su padre, el valiente que tanto disfrutaba de humillar a su madre con regaños y castigos, como si ella fuera una niña y él un gran patriarca.

Fue como si se le abriera una grieta por la cual ahora podía verse claramente: sobreviviendo una existencia mediocre, con poco que llamar suyo. Un vaso de leche fría con un trozo de chocolate antes de acostarse eran sus únicos lujos, y hasta eso se estaba dejando quitar por aquellos hombres. Después intentó dormir, pero la rabia no la dejaba, y fue tarde, muy tarde, cuando por fin logró cerrar los ojos.

A la mañana siguiente fue a la ferretería y compró un altoparlante y una linterna. Buscó en internet cómo atascar una puerta utilizando una silla y fue a la tienda del Ejército de Salvación para comprar una cuyo tamaño sirviera a sus propósitos. La que encontró era de madera y bambú. Las secciones de bambú estaban muy deshilachadas, pero pagó los cuatro dólares que costaba y la subió con trabajo a su Nissan.

De regreso en su *efficiency*, tomó un cenicero y le puso siete pedazos de hilo de coser —uno por cada día de la semana— para atravesarlos en el marco al cerrar la puerta y así saber si alguien entraba cuando no estaba en casa. Lo colocó sobre la meseta al lado de la entrada y se fue a trabajar para estar en su puesto a la una de la tarde, el mismo turno que su supervisor no le quiso cambiar cuando le contó que vivía en un barrio malo y que le daba miedo ser atacada.

—Si a todo el mundo que quiere un turno diurno se le diera, no habría quien trabajara de noche —le dijo.

Ella había asentido, sin intentar explicar que su caso no era el de todo el mundo. Que era un asunto de vida o muerte. Que no querría seguir viviendo si *eso* que le había pasado años atrás volvía a suceder.

A las once y cuarenta y ocho de la noche siguiente, deslizó el auto en el espacio de estacionamiento que tenía asignado. En la acera de enfrente, los tatuados ya ocupaban sus posiciones y conversaban, listos para ser entretenidos. Al verla llegar, el murmullo se apagó y las miradas se clavaron en ella, burlonas.

Ella también los miró a través del espejo retrovisor. Respiró hondo. Luego apagó el carro, lanzó las llaves al bolso y se lo pasó por encima de la cabeza hasta sentirlo entre los pechos. Entonces tomó el altoparlante y la linterna del asiento del pasajero y salió a enfrentarlos.

La calle parecía dormir, excepto por un único farol que alumbraba a los tatuados y transformaba sus camisetillas de algodón blanco en chalecos de plata. Cuando empezaron a cruzar la calle hacia ella, levantó el altoparlante y dijo:

—Soy una mujer sola.

El sonido salió con más fuerza de la que había percibido durante la prueba en el estacionamiento de la ferretería. Tras el asombro momentáneo, los tatuados se deshicieron en risas.

—Soy una mujer sola y quiero que me dejen en paz —prosiguió, con la misma rabia de la noche anterior—.

Vengo de trabajar, de romperme la espalda durante horas. Y estoy cansada.

Una luz se encendió a sus espaldas. Quizás era el vecino, como de costumbre, sacando la cabeza por la ventana al menor indicio de discordia de vecindario o de chisme. Ella rogó que así fuera.

Una voz gritó:

—¡Cállate la boca! ¡Queremos dormir!

Uno de los tatuados lo tomó como señal y avanzó hacia ella, con las pupilas encendidas por una luz mate, sin brillo, incluso cuando ella encendió la linterna y se la apuntó a la cara.

—¿Qué coño quieres? ¿Me vas a atacar? ¿Me vas a matar? ¿Qué me vas a hacer? —le dijo todavía por el altoparlante, con una voz que temblaba, campana repicada, queriendo que cada palabra fuera un hechizo protector. Pensó en la voz que la había mandado a callar desde alguna habitación oscura: una mujer. Pensó también en lo que ocurriría cuando la novedad del sonido amplificado se disipara.

El tatuado que se había acercado se volteó a mirar a sus amigos, parados a pocos pies detrás, como instándolos a que prestaran atención a lo que iba a hacer con ella, volviéndose de inmediato para mirarla de frente y escupir sus palabras:

—Mira, perra, sácame la cosa esa de la cara o te doy con ella por la cabeza, ¿okey?

La voz de él también se filtró por el altoparlante.

—No puedo —dijo ella, con palabras que se tambaleaban como bailarinas inexpertas intentando sostenerse sobre las puntas de los pies.

El tatuado la observó por unos segundos, sus pupilas aún deslustradas, sus labios dibujando un triángulo con la punta de un palillo de dientes atrapado entre ellos.

Los demás tatuados se habían puesto serios.

—Ahora mismo hay gente llamando a la policía —dijo, sorprendida de escucharse hablar por fin con la firmeza de quien está harta de esconderse, y dando gracias por el instrumento que había amplificado una valentía que ni ella misma sabía que tenía—. Seguro hay más de una persona grabando todo esto con su teléfono. Quizás una de esas personas lo está haciendo porque yo se lo pedí —continuó, aunque no era el caso, entristecida de que otra mujer la hubiera mandado a callar—. Quizás con este altoparlante me he asegurado de que nuestras palabras formen parte del video que usaré para volver a presentar mi querella por hostigamiento y amenaza ante la policía. A ver si así me dejan en paz.

Sus palabras retumbaron por toda la calle, tocando a las puertas de los dormidos, suplicándoles que despertaran.

—*Brother*, olvídate de la cabrona esa. No vale la pena —dijo uno de los otros tres tatuados, que comenzaban a formarse en retirada.

Pero el del palillo de dientes no se movió. La siguió mirando aun después de que dos luces más se encendieran a espaldas de ella.

—Quizás solo así pude obtener la ayuda de alguien sin que ustedes pudieran saber de quién se trata, sin poner en riesgo mis pruebas —dijo ella, queriendo hablar hasta hipnotizarlo y a la vez dándole permiso para grabar a quien se hubiera despertado y quisiera hacerlo, mirando firme al tatuado hasta que a él se le apagaron los ojos y se alejó sin decir palabra, dándose prisa para alcanzar a los miembros de su cuarteto de guapería.

Ella los miró alejarse riéndose a carcajadas como si hubieran triunfado. Cuando ya estuvieron demasiado lejos para que pudiera verlos, apagó el altoparlante y la linterna y entró a su cuarto con pasos lentos.

Esa noche se bebió su vaso de leche fría con un trozo de chocolate un poco más grande de lo usual. Vio un capítulo de una comedia estadounidense que había visto no menos de cincuenta veces, en el que un grupo de amigos vivía haciendo bromas insulsas, sin urgencia, en un barrio supuestamente pobre de Nueva York. Las bromas gringas haciéndola reír de verdad por primera vez.

A la mañana siguiente se levantó temprano. Se sentía descansada y decidió conducir al refugio de animales solo para averiguar cuál era el proceso, por si acaso. Pero una vez allí no tardó en tomar una decisión. Adoptó una perrita chihuahua con algún trastorno que la hacía temblar sin descanso. Parecía un trapo de fregar sucio con ojos y jamás le serviría de guardaespaldas a nadie. La había estado esperando a ella: lo supo con certeza desde el momento en que la vio.

Le puso nombre allí mismo y, tras llamar al trabajo para decir que no iría ese día porque tenía algo muy importante que hacer, Esperanza y ella se fueron a casa.

DE MANGÓS Y DE MURCIÉLAGOS EN EL VIEJO SAN JUAN

Siempre tuve miedo de vivir sola. Por eso, tan pronto Lucas y yo nos peleamos, el apartamento en el Viejo San Juan —que por años me pareció tan acogedor y romántico— se convirtió en un cuartucho frío, melancólico y opresivo.

¿Que por qué nos dejamos? Quizás porque un día me cansé de contar. De contabilizar los días en que llegaba tarde a buscarme a la oficina versus los días en que llegaba a tiempo. Los días en que discutíamos durante horas porque él no sabía perder versus los días en los que no salíamos de la cama, enroscados en las piernas del otro, borrachos del olor a sal de mar que barría los balcones del Viejo San Juan por las tardes.

Así cumplí los 29, los 30, los 31, y así pronto habría cumplido también los 32. Mi vida pasaba sin que nada pasara y un día me harté de contar. De hacer inventario de algo que no iba a ninguna parte.

—Si quieres, salimos a comer —me dijo aquel día igual a todos.

—No, pero así no —contesté yo.

—¿Cómo que así no?

—Así no, con ese "si quieres", como si tú no tuvieras que comer también.

—Mira, Natacha, vamos a dejarlo ahí, hazme el favor. Hace demasiado calor para peleas imbéciles.

Le hice caso y ahí mismo lo dejé. Le dije que tenía razón, que lo de nosotros era una imbecilidad y que la forma más rápida de dejar de ser imbéciles era dejarnos de inmediato, en ese momento.

Para mi sorpresa, estuvo de acuerdo. En menos de media hora se había ido, prometiendo regresar a buscar el resto de sus cosas.

Esa misma madrugada escuché el primer llanto. O más bien, los primeros lamentos. Como si un gato enfermo o una persona ronca intentara cantar y llorar a la vez. Una mezcla de sorpresa y dolor, como si alguien pellizcase a otro alguien, de súbito y con saña, haciendo que emitiera aquel aullido rabioso que desfallecía solo para repetirse segundos después, entremezclándose con los silbidos del viento que se deslizaba sobre los tejados del casco antiguo de la ciudad.

Pero si aquello era un gato, era uno muy peculiar, porque yo conocía los distintos maullidos felinos —el Viejo San Juan está lleno de ellos— y este sonido, al menos, no se parecía a ninguno. Era tan inusual que esa primera noche no pude volver a dormir, aguzando el oído y tratando de ubicar la dirección general de los quejidos, aunque, la verdad, no había muchas opciones.

El 51 de la Calle Caleta de San Juan era un edificio pequeño de tres pisos, con un patio interior en el que residían alrededor de media docena de los susodichos gatos. Cada piso constaba de dos apartamentos: uno amplio con un balcón largo y estrecho que se asomaba a la calle, y otro apenas más grande que un desván, conformado por una pequeña sala-cocina y una habitación cuya única ventana daba al patio de los gatos.

Esa distribución tan desigual tenía origen en el pasado colonial de la ciudad, cuando los "apartamentos" pequeños (como el mío) funcionaban como cuartos para los sirvientes de las familias adineradas, que residían en las unidades grandes. Por eso, los pequeños estaban en peor estado y carecían de armarios, aunque, afortunadamente para mí, por vivir en el último piso (3A) contaba con un receso debajo de un tragaluz que transformé en vestidor con la ayuda de unas cortinas de gasa, un viejo buró con gavetas, unos cuantos ganchos y tres tablillas.

Según Ceci, la corredora de bienes raíces que me consiguió el alquiler del 3A, el espacio bajo el tragaluz fue alguna vez el pasillito por el cual la sirvienta de turno pasaba de su habitación a la residencia de "los señores" sin ser vista por las visitas.

Yo le creí porque Ceci se conocía al dedillo la vida, los crímenes y los milagros de las familias adineradas que ocuparon estas hermosas casas durante décadas. Moradas de techos altos y grandes ventanales, de balcones con tejas, pisos de madera y losa tradicional. Muchas con una excelente vista al Atlántico desde lo que fue el casco de defensa de este archipiélago de sol y sal que es Puerto Rico.

Dos días después, volví a escuchar el llanto maldito. Era sábado y hacía yoga cuando oí aquellos estertores de perro agonizante forzado a gimotear lo que hubiese querido ladrar. De inmediato abandoné mi pose de guerrero y me doblé en una *uttanasana* (como si quisiera tocarme la punta de los pies) para acorralar mi maranta de pelo negro sobre la corona de mi cabeza en un enorme moño estilo Doña Fela. Así me asomé al quicio de la escalera con los pies descalzos y los ojos sin rastros de la relajación que me había propuesto.

Cerré la puerta tras de mí y escuché. Nada. O al menos nada anormal. Un par de voces conversaban en la acera, o quizás en el patio interior que todo lo amplificaba. Algo con ruedas luchaba por navegar sobre los adoquines azules e irregulares que cubren esta parte vieja de la ciudad. Un predicador radial te exhortaba a aceptar a Cristo como tu único salvador. ¿Y si me había imaginado los gemidos? Era posible. Nunca escuché ruidos extraños en todo el tiempo que estuve con Lucas y me parecía demasiada casualidad escucharlos ahora.

Esa tarde, según el breve de las dos del noticiero de fin de semana, una mujer había sido asesinada a puñaladas frente a un centro comercial en Guaynabo, mientras que en Caimito otra había sido asesinada la noche anterior en su propia casa y por su propio esposo. Su hijo de cinco años lo vio todo. Y en el área metropolitana, advertían sobre un violador que atacaba mujeres a la salida de Plaza Las Américas, dejando sus paquetes coloridos abandonados sobre la brea del estacionamiento.

Apagué el televisor y me fui a sentar en el alféizar de mi única ventana. En el cielo, nubes negras amenazaban con vomitar sus contenidos. Los que estaban sentados en la placita que hace esquina con la Calle del Cristo se levantaron con prisa para escapar del aguacero. En mi apartamento, nadie me pedía una cerveza de la nevera ni peleaba por controlar lo que iba a verse en el televisor. El silencio lo invadía todo, pintando las paredes de un gris plomo aguado, como si estuviera lloviendo adentro de la misma forma en que pronto llovería afuera. Todo me hacía sentir más sola que aquellos adoquines azules que la lluvia azotaría pronto, sin nadie mío a quien amar, sin una madre que supiera dónde ubicar, sin una hermana... sin un hijo.

En esas sandeces pensaba cuando escuché pasos en el rellano. Cuando había silencio, se escuchaba todo porque era un edificio muy viejo de techos muy altos. Seguro era el nuevo vecino; tuve deseos de salir al pasillo y preguntarle si él también había escuchado los gritos, aunque fuera para tener con quien compartir mi miedo, para hablar de algo con alguien. Pero no me atreví, y solo atiné a acercarme sigilosa a la puerta para colocarme frente al agujero hasta ubicarlo del otro lado.

En efecto, era Jota Francioni. Sabía que se llamaba así porque eso decía su buzón en el primer piso: J. Francioni. Y allí estaba, parado ante su puerta, y a través del lente cóncavo de la mirilla podía verlo hasta la cintura, la imagen como borrosa, o como duplicada.

Era trigueño, de ojos achinados. Guapo. Espejuelos. Llevaba un suéter gris de cuello alto y un reloj grueso y suelto, casi como pulsera. Buscaba sus llaves en un bolso estilo *messenger* de cuero color canela tostada. No había duda: Jota Francioni era un hombre atractivo, y pensé que esto era lo que ocurría cuando se andaba en relaciones sin futuro: una se volvía ciega a las posibilidades que estaban justo y literalmente enfrente de una. Este hombre llevaba varias semanas viviendo frente a mi cara y yo ni había visto la suya hasta ese día.

Él seguía frente a su puerta a pesar de tener el llavero en la mano, y pensé que podría haber olvidado dónde estaba, como pasa cuando uno se muda a un lugar nuevo. Pero no. Más bien se había quedado perfectamente quieto. No, no. Miento. No estaba perfectamente quieto. Estaba ladeando la cabeza en mi dirección con tanta lentitud que parecía que no se había movido, pero sí. Como si mirara por encima de su hombro y pudiera verme a la perfección. No te lo voy a negar: se me congeló cada pelo negro que me oscurece los antebrazos, y hasta se me ocurrió que se voltearía a verme, que me miraría a través del lente de la misma mirilla por la cual yo lo espiaba, descubriéndome.

Esa noche, el noticiero de las once cumplió su promesa de darme "todos los detalles" de las cosas horribles que me habían adelantado en la tarde, y de otras más que se les habían olvidado: una madre pedía por su hija de doce años, secuestrada del Hospital de Niños San Jorge mientras convalecía de un tipo de leucemia rara cuyo nombre no alcancé a entender bien. La madre lloraba angustiada, mostrando a la cámara la foto de una rubiecita pecosísima. "Es que nadie sabe cómo una madre se sienteeeee", dijo a la reportera con la voz quebrada y el rostro hinchado de tanto llorar.

A mí, oyendo aquellas palabras, se me escaparon dos grandes lágrimas porque yo hubiese dado cualquier cosa por tener un hijo y saber lo que ella sentía, aunque sufriera. Las autoridades sospechaban del exesposo y padre de la niña, radicado en Estados Unidos. Quizás en Chicago, dijeron.

Domingo: siguió lloviendo y hacía frío. Las calles del Viejo San Juan estaban desiertas, lúgubres, pero yo volví a poner el noticiero, decidida a enterarme de todo y a no tener miedo. A rezar un padrenuestro y a dormir como un lirón después. Me enteré de que la mujer que habían asesinado frente a su hijo había sido golpeada durante días por el marido que le quitó la vida, y que sus vecinos la oyeron gritar sin hacer siquiera una llamada anónima a la policía. Desgraciados. Inmundos. Les deseé una muerte lenta y dolorosa a todos. Eran tan asesinos como el marido cobarde que no tuvo valor ni para matarse después.

Debo haberme quedado dormida pensando en eso porque me despertó el llanto aquel, ya familiar, pero más tenue, como si quien fuera perdiese fuerzas. Los vecinos cobardes de la mujer asesinada seguían en mi mente y tuve que aceptar lo que ya sabía: que los gritos venían del apartamento de al lado y de ningún otro lugar. Que alguien sufría allí y que yo no podía seguir mirando para otro lado haciéndome la loca, como si lo que oía no tuviera que ver conmigo. El reloj decía que eran las tres y treinta y tres de la madrugada. Llamé a la policía.

—Okey, señora, cójalo con *take it easy*. Una patrulla va para allá —me dijeron cuando por fin contestaron.

Mientras llegaban, me puse chancletas, una bata de baño sobre el pijama y salí a subir y a bajar las escaleras porque estar en mi apartamento con aquel llanto me desordenaba los nervios.

Quince minutos después, todavía no había llegado una sola patrulla, así que regresé a mi habitación y abrí las cortinas de gasa de par en par, arrellanándome contra la pared de mi clóset improvisado que sabía conectaba con alguna parte del 3B.

Pues claro que sí, que el sonido venía de allí. No había duda y me dio vergüenza haberle deseado la muerte a los vecinos de la mujer asesinada en Caimito, cuando yo llevaba días convenciéndome de que no escuchaba lo que sí escuchaba: aquel alarido cansado, lleno de consonantes, como si una mujer vomitara atragantándose con su propia sangre, a punto de morir. Ante esa imagen, la razón me abandonó.

Se me ocurrió que a lo mejor Jota Francioni era un asesino y tenía a una mujer encerrada allí adentro. Ay, Dios mío, ¿y si —peor aún— era el secuestrador de Plaza Las Américas y estaba allí con alguna de sus víctimas?

Empecé a abrir gavetas buscando uno de los malditos taladros de Lucas. No encontré ninguno, pero encontré un martillo. Vacié mi clóset, tirándolo todo encima de la cama, halando el gavetero con todo y gavetas y dando golpes en la pared hasta que escuché como si algo cayera desde una tablilla alta. Seguí dando golpes, mis martillazos lanzando escombros en varias direcciones hasta que vi los siglos del mar en las viejas vigas de madera de la pared y una sombra en la penumbra del otro lado.

—¿Estás bien? Contéstame, por favor.

Iba a seguir intentando con el martillo, pero de nuevo ese llanto difícil, como si le costara respirar. Pensé decirle que la policía estaba en camino, pero ¿y si él estaba allí escondido y la mataba al saberse atrapado?

—¿Puedes hablar? Bueno, quédate ahí que yo te voy a sacar —dije, fustigándome de inmediato, pues ¿a dónde demonios podría ir la pobre persona atrapada allí?

Pero ella —estaba segura de que era una ella— seguía llorando su llanto aspirado. Entonces pensé que si Jota Francioni hubiera estado allí, ya habría salido a tumbarme la puerta, y que no podía seguir siendo una mujer cobarde si iba a seguir viviendo en —y queriendo a— este Puerto Rico mío, tan profundamente traumatizado.

Marqué de nuevo a la policía y esta vez me dijeron "un momento, por favor" y me pusieron en *hold* antes de que pudiera decir una palabra. Sentí que me mareaba de rabia e impotencia y que nada tenía sentido.

Pensé en llamar a Lucas. Él habría venido, pero, al instante de pensarlo, sentí, allí en mi vientre que hacía amago de desalojarlo todo, que no tenía caso. Que él ya se había ido de mí, que vivía en otro mundo desde hacía mucho y que yo no había querido saberlo.

Se me ocurrió también tocarle la puerta a alguien del edificio, pero eran viejitos mis vecinos. Sabían de sus gatos y de sus programas de radio, y tardarían más en llegar hasta sus puertas que lo que la policía estaba tardando en contestar el teléfono. Afuera no había un alma esa madrugada de domingo que ya era lunes, y yo no tenía un carro para ir a buscar a alguien que pudiera ayudar ni conocía a nadie a quien pedirle ayuda a aquellas horas.

O sea, estaba como nunca había sabido estar: sola y con una decisión urgente que tomar. O regresaba a mi apartamento y esperaba a la policía, sabiendo que si algo malo pasaba sería por mi cobardía, o me daba prisa en sacar a aquella mujer de allí antes de que Jota Francioni reapareciera con su maldito *messenger* color canela tostado.

Recordé entonces una ganzúa cruciforme de segunda mano que Lucas me regaló cuando quedó claro que yo iba a dejar mis llaves olvidadas dentro del apartamento por lo menos una vez al mes. La busqué y, todavía con el teléfono junto al oído, me paré ante la puerta de Jota Francioni, tocando varias veces mientras esperaba a que algún policía me respondiera. Cuando nadie respondió, actué, dando vueltas a la ganzúa como Lucas me había enseñado, preguntándome cómo era posible que no atendieran un teléfono designado para emergencias y deseando con todo mi corazón que lo hicieran antes de que lograra abrir la puerta para no tener que entrar allí sola.

Trece minutos más tarde, escuché el clic que me avisaba que la cerradura había cedido y que no había vuelta atrás. Entonces colgué, guardé la ganzúa y mi teléfono ya medio descargado en el bolsillito de la bata de baño, y abrí la puerta.

En el 3B todo era oscuridad y no había señal de Jota Francioni. Las ventanas y puertas que daban al balcón estaban cerradas, así que dejé la puerta abierta para alumbrarme un poco con la luz del recibidor. Había cajas y un sofá oscuro (púrpura o azul noche) al que le faltaban los cojines del asiento. En el piso, alrededor del sofá, muñecos amontonados, rotos y sin ropa, como una advertencia: no solo estaba entrando de manera ilegal a donde no me habían llamado, sino que, además, estaba entrando en la casa de alguien que no estaba bien de la cabeza.

Avancé entonces, inhalando hondo con la intención de aclarar con un poco de aire mi cerebro despavorido, pero en vez de oxígeno lo que me invadió fue un olor intenso a mangó podrido (sí, mangó, con acento, como lo dijo Corretjer) que, unido al calor denso y holgazán de ese lugar, me recordó a otro lugar como aquel, olvidado por Dios.

Como una máquina del tiempo, aquel olor dulce y putrefacto me llevó a lo que había borrado de mi memoria: aquellos días brutalizados y violentos de mi niñez de caserío. Me vi una niña flacucha y descuidada, de abultadas trenzas negras, teniendo que hacer frente de camino al colmado, a la escuela, en mi propia casa y habitación a hombres viejos y depravados, pero bendecidos con la fuerza física que Dios debió otorgar a todas las niñas del mundo. Lejos de causarme náuseas, aquel olor asqueroso me serenó, me borró las culpas y me convenció, por fin, de lo que me había repetido sin convicción durante años: que somos fuertes, de armas ocultas como matas de escoba amarga, y que a veces hay más paz en la soledad que en el seno de una familia o comunidad. Así, envenenada por el recuerdo, dejé atrás la luz que entraba desde el recibidor, adentrándome por aquel pasillo negro en busca de todo lo podrido.

Lo que hallé fueron cuartos vacíos, más juguetes rotos, uniformes; fatigas azules verdosas como las que se usan en las salas quirúrgicas de los hospitales. En el piso, dos peceras sin agua, con tablas encima, y lo que me parecieron muchísimos ratones amontonados dentro.

Yo seguía avanzando por aquel pasillo oscuro, volteándome cada dos pasos para mirar a mis espaldas. Y cada vez que lo hacía, el espacio que dejaba atrás me parecía tan negro y profundo como un pozo, como si no fuera el mismo tramo que acababa de atravesar.

Al final del pasillo había una cocina amplia, una multitud de moscas y platos sucios, y un calor insoportable. En el medio, como isla, había una gran mesa de madera y, sobre ella, cajas y más cajas de fruta, algunas frescas, otras podridas desde hacía mucho. La mayoría eran mangós porque estaban en temporada, pero también había acerolas, quenepas y muchísimas guayabas. Sobre la estufa llena de cacerolas sucias, una buena cantidad de moscas intoxicadas dormía sobre una cédula de identificación: Jesús Manuel Francioni. Conserje. Clasificación A. Hospital San Jorge. Era su rostro, pero en la foto se veía diferente, desencajado, sus facciones desalineadas, con ángulos que no sumaban lo que debían y una mirada fija, como artificial.

Las moscas que estaban despiertas eran tantas que volaban en formación. Para neutralizarlas, agarré una caja de frutas gusanosas y la llevé a una esquina de la habitación para dirigirlas hacia allí.

Al soltar la caja escuché un aleteo intenso seguido de uno de aquellos aullidos pellizcados. Venía de la pared izquierda de la cocina, la que estaría más cerca de mi habitación, y cuando puse las manos sobre ella se movió, porque no era una pared, sino una puerta corrediza pintada del mismo color, que deslicé para ver por primera vez la otra mitad del rellano bajo el tragaluz que me servía de armario.

Este lado era igual al mío, de quizás dos pies por tres. Allí estaban los cojines del sofá de la sala y, sobre ellos, una mujer pequeña con una bata de hospital asquerosa. Su pelo sudado y encaracolado caía alrededor de un rostro delgado, casi consumido. Verla —ya no solo imaginármela— me provocó hipos compulsivos y sin pausa, cada uno como una argolla que se unía a la próxima en un collar extendido de sonido ahogado, una variación enferma del lamento cantado que me había llevado allí y que yo, en mi inocencia, había catalogado como grito de gato.

Me puse en cuclillas para acercarme a la mujer y el olor que me abofeteó era una combinación de todo lo que se escapa de los seres humanos cuando ya no hallamos donde esconder nuestras miserias: llanto, excremento, sudor y hasta la huella espesa del morbo solitario de un hombre enfermo estaban allí, en aquel dos por tres.

Traté de levantarla y, al hacerlo, me di cuenta de que no era una mujer, sino una niña de enormes ojos, tan delgada que casi no tenía mejillas ni labios, solo frente y ojos y pelo.

—¿Puedes hablar?

Abrió la boca y emitió un maullido, y supe, sin lugar a dudas, que esta niña y la mujer que me había estado llamando sin decir mi nombre eran una y la misma.

—¿Dónde, están, tu mamá y tu, papá? —pregunté, interrumpida por el hipo. Su rostro se oscureció e hizo gesto de no saber, señalando al cielo con la barbilla—. ¿Eres huérfana?

Dios mío, perdóname, pero estaba tan flaquita que deseé que lo fuera para quedarme con ella y cuidarla. Volvió a hacer el gesto de no saber y a señalar hacia el cielo, hasta que miré a donde me indicaba y los vi: por lo menos una docena de murciélagos oscureciendo el vidrio del tragaluz sobre aquella diminuta cavidad. Todos negros, todos como muertos, suspendidos a distintas alturas, sus alitas de ardillas voladoras extendidas.

Desde el que estaba más cerca, a unos tres pies de altura, había un tubo plástico por el que corría algo amarilloso como el vómito, que llegaba hasta donde estaba la niña. No estaba conectado a ella, solo amarrado a su brazo con una goma elástica como las que usan los que se drogan en vena, permitiendo que el líquido se regara empapando su bata.

Al lado de la niña, estaba el murciélago que había escuchado tras mis martillazos. Lo miré por un momento y me sorprendió ver una carita hermosa, negra, peluda y redondita, con ojitos cerrados como los de un angelito negro. ¿Lo habría matado yo con mi martillo? Sus compañeros aleteaban, chasqueando ahora, conscientes de que la intrusa se disponía a remover una parte crucial del hábitat que ellos vigilaban. El sonido era asqueroso y sentí desespero.

—Te voy a sacar de aquí, ¿okey? —La niña miraba al vacío con ojos aterrorizados—. ¿Te ha hecho daño? ¿Francioni?

Pestañeó sin dejar de mirar al vacío como si no me hubiese oído, y yo me concentré en levantarla como si no le hubiese hecho una pregunta, identificándome con ella de inmediato, unidas en solidaridad, niñas victimizadas las dos.

Hice fuerza para levantarla de aquel espacio tan reducido sin tocar el murciélago, pero ella no me ayudaba.

Había cerrado los ojos, desfallecida, y le retiré el pelo de la cara, queriendo pedirle que hiciera un esfuerzo. Fue en ese momento, temiendo que se me muriera, que la reconocí: era la niña de las noticias. La que se habían llevado del hospital. Estaba segura. Mi corazón latía, pero ya no de miedo sino queriendo darlo todo por aquella muchachita pecosa. Me quité la bata de baño y traté de envolverla en ella y de ubicar mi teléfono cuando escuché una voz a mis espaldas.

—No la puedes mover.

Era Jota Francioni y del susto casi caigo sentada sobre los cojines que habían servido de cama, habitación y prisión, pero ni así solté a la niña.

—La policía está al llegar, ¿okey? Si yo fuera tú, escapaba ahora —dije, aunque no sé si me entendió porque mi terror era tanto que perdí el control de mis mandíbulas y de lo que sea que hace que el cerebro produzca palabras.

—¡Está enferma! —me gritó él, y comenzó a pegarse a sí mismo muy fuerte en plena cara.

Yo no decía nada porque me moría de miedo de tenerlo tan cerca y no lograr recordar en qué bolsillo estaba la ganzúa, ni cómo sujetarla si la ubicaba. Él también estaba agitado, hablando como si estuviese a punto de llorar a causa de una enorme frustración.

—¡La estoy curando! Porque las demás se murieron y... por ley de probabilidades, ¿okey? Por ley de probabilidades, coño... ¡Pero no la podías moveeeer!

Como el loco que era, caminaba de un lado para el otro mirando a todas partes hasta que vio la caja de frutas gusanosas que yo había puesto en la esquina, y fue hacia allí sin mirarme, decidido.

Empezó a revisar la caja de mangós, a contarlos, diciendo cosas como que yo no tenía que estar allí, dos, cuatro, que él no molestaba a nadie, siete, ocho. Lo demás no lo entendí porque estaba tan enfurecido que sonaba a jeringonza. Yo seguía tratando de ubicar el bolsillo de la bata de baño en la que había puesto la ganzúa, pero tenía a la niña cargada con ambos brazos y no podía pensar.

—La comida de ellos, doce, bendito sea el diablo, yo no sé por qué puñeta, catorce, se tienen que meter con uno —dijo trayendo las cajas de regreso a la mesa y tirándolas allí con furia.

No sé cuántos minutos pasaron así, pero en algún momento levantó la voz y la niña, sus ojos cerrados todavía, se contrajo contra mi pecho. Pensé: *No tengas miedo. No permitiré que te haga daño, no importa lo que pase.* Quise transmitirle paz con mis palabras, pero mientras las decía comprendía, como si lo viese a través de una puerta entreabierta, que yo no era tan diferente de aquel loco frenético cuya soledad lo había llevado a obsesionarse con una niña que no era suya.

Quizás por eso, cuando oí a la policía tumbar la puerta que Jota Francioni había encontrado abierta y había cerrado con tanto sigilo que yo no logré escucharlo, me dio lástima y hasta tristeza verlo levantar los brazos en señal de rendición, mirando hacia sus murciélagos como si solo le pesara no haberles podido dar su suero de mangó una última vez.

A nosotras, a mi niña y a mí, ni nos miró. Ni siquiera cuando se lo llevaron arrestado. Y nunca supe qué fue lo que vio en mi rostro que lo hizo despotricar sin atreverse a atacarme ni con la mirada. Quién sabe lo que piensa un loco. Quizás es tan sencillo como que olvidó que estábamos allí.

Esa mañana de lunes viajé con ella en la ambulancia. Pensaba en la alegría de su mamá —la mujer que yo había visto llorar en el noticiero— cuando la viera. Pero cuando llegamos y abrieron las puertas de par en par para sacarla con todo y camilla, la mujer que se acercó corriendo como si volara fue otra. Confusa, miré a mi niña y solo entonces vi que no era la que yo pensaba. Esta niña era más pequeña, tendría ocho o nueve años, y no era rubia, sino negra, ni una sola peca en su rostro de angelito de porcelana. Fue tanto mi asombro que no atiné a rogar que me dejaran abrazarla una última vez antes de que se la llevaran. Antes de que me la quitaran.

Los investigadores insistieron en transferirme al Hospital Pavía para que los médicos me revisaran a mí también. El doctor que me atendió me dijo que era normal confundir rostros de gente, incluso alucinar, en momentos de mucha tensión, de terror.

Tardé mucho en creerle. No me parecía posible.

Me enteré luego por los investigadores que los murciélagos de Jota Francioni se llaman *murciélagos de la fruta* porque eso comen. Que él les dijo a los policías que sabía más que los médicos y que había creado un "protocolo" para curar a los niños del pabellón de trastornos hematológicos del hospital. Que su invento consistía en mezclar su propio semen con sangre extraída de sus murciélagos alimentados con puré de mangó y que, en su delirio, pensó que inyectaba a la niña con ese suero, aunque la policía no encontró marca de aguja alguna en su cuerpecito.

Cuando aquello, yo no quería saber mucho para no volverme más loca de lo que ya me sentía. Pero sí quise saber si el que fue mi vecino había entendido, aunque fuera por un instante, que había torturado a una niña indefensa y a animalitos inocentes.

Los detectives no sabían, pero pensaban que no. Lo que sí sabían era que no habían encontrado los muñecos rotos ni los ratones en peceras que yo había visto. Insistieron en que tratara de recordar, en que era necesario corregir la incongruencia de esos "pequeños detalles" de mi testimonio. Pero no debe haber sido tan vital na', porque un buen día, cuando se cansaron de que eso fuera lo que recordara y de que no pudiera estar segura de si en realidad los había visto, o si solo los había imaginado, me dejaron en paz.

La otra niña también fue devuelta. La policía de Chicago la encontró en la casa de su padre y los noticieros cubrieron a la madre subiendo al avión en el que viajaría a buscarla. Me pregunto aún si el secuestro de esa niña fue lo que le dio la idea a Jota Francioni de hacerse pasar por enfermero para llevarse a la mía.

Digo la mía, pero ya sé que no lo era. Nadie me ha querido dar su nombre y no fue publicado en la prensa por ser el nombre de una menor que había sido agredida sexualmente. Jota Francioni confesó no sé qué cosa porque solo fue "sentenciado" a un sanatorio. A ella no la he vuelto a ver. Ni siquiera sé si vive.

~

A veces, cuando me viene a la mente algo de aquella madrugada, ya sea el olor a mangó descompuesto o la carita de ángel de aquel murciélago negro, hago un esfuerzo y pienso en ella abrazada a mi pecho y en el loco que la había lastimado dando gritos a pocos pasos de nosotras. Pienso en lo fuerte que fue, que es, supongo. Pienso en que su mamá la ama y seguro la protegerá como nadie me protegió a mí. Que sobrevivirá y se recuperará, aunque para ello tenga que convertirse en una mujer que no podrá ver un mangó ni en pintura. En una mujer que les tendrá terror a los murciélagos. Una que, como yo, nunca aprenderá a ser feliz viviendo sola.

ALGUNA VEZ EN UN CUARTO AZUL

Traducido del inglés por Antonio Díaz Oliva (ADO)

Tiempo después, las personas culparían al azul. Sí, sí, al color azul. Que si bien estaban al tanto de que un simple color no podía ser el responsable de algo así, igual insistían en describir aquella noche y cómo era el tal azul, y que no, no se referían al cielo, sino a la noche misma, esa que había chorreado tinta por los cuatro costados de aquel pueblo, por sobre las chozas y los graneros y las parcelas de tierra que les pertenecían, en aquella noche que comenzó con la mujer en cuestión sentada en el piso de su dormitorio, escupiendo sangre como un tractor averiado habría escupido barro.

La habitación quedaba en la parte trasera de la casa en la que la mujer y su esposo vivían con la madre del esposo y con el marido de la madre del esposo, y ahí había estado ella sentada, estrujándose las manos e intentando tragarse los alaridos que había convertido en murmullos, pero que insistían en querer salir, ahogándola, subiendo por su garganta como la bilis una, y otra, y otra vez.

La gente contaba, incluso a perfectos desconocidos y, la verdad, a cualquiera que quisiera escuchar, que la enfermera que había testificado por televisión no tenía nada que ver. Que si íbamos a ser justos, había que admitir que sí era posible —porque todo es posible— que el culpable de lo ocurrido fuera el azul. Que durante aquella noche violenta —mientras la mujer se preguntaba si era posible quedar daltónico a causa de eventos desafortunados, si estos ocurrían con frecuencia— hubiese sido el azul, y no la enfermera ni sus palabras, sino aquel azul intenso como las profundidades del océano Pacífico que ellos nunca verían con sus propios ojos (pero que podían imaginar), el que se había metido en aquella habitación trasera como si quisiera ser la respuesta a las preguntas que la mujer se hacía en su mente.

Aquel azul se le había metido por dentro haciéndose pasar por oxígeno, causando que el pecho se le hinchara con un respirar ruidoso que nadie oyó, convirtiéndole la cabeza en niebla, volviéndola estúpida, incapaz de discernir entre lo que era y lo que no.

Aquella había sido una de esas noches en las que cosas malas pueden pasar, y pasan, entre una mujer y su marido. Solo que a la mujer y a su esposo esas cosas malas habían comenzado a sucederles cada vez más a menudo, y tal vez eso se combinó con el azul para que después de que terminó la primera cosa mala, y terminó también una segunda cosa mala que se suscitó sin que la mujer entendiera cómo, todo se volviera silencio, hasta la respiración, y fue como si el esposo de la mujer ya no estuviera ahí, aunque sí estaba, espatarrado sobre la cama, ido con el sueño más profundo y tan quieto que ni sus ronquidos podían escucharse.

Fue entonces cuando ella se recogió a sí misma del piso y se paró junto a la única ventana de la habitación; el interior de su magullado labio inferior latiendo como un corazón.

Y debe haber sido ahí que el azul la llamó a través de la ventana y la convenció de ir a la cocina, de servirse un vaso de agua de la llave, de escuchar con atención antes de abrir la puerta trasera con más sigilo que nunca para encontrarse con él, con el azul, allá afuera; ella con sus chancletas plásticas color marrón, las manos en los bolsillos de su falda de algodón verde.

Y para ser justos, porque la gente de aquel pueblo siempre trataba de ser justa, ellos concedían que existía la posibilidad de que la mujer hubiese estado siguiendo al azul cuando cruzó el sendero cubierto de gravilla que llevaba hasta el frente de la casa, que era donde quedaban todas las demás habitaciones, un pie delante del otro, ella bien casual, como quien no quiere la cosa, pero con cuidado para no despertar ni a su suegra ni al marido de su suegra si sus pies golpeaban sin querer alguna de las muchas herramientas oxidadas, de las llantas y tuercas tiradas por doquier. Cualquier movimiento sería capaz de crear un estrépito metálico si es que tenía la mala suerte de tropezar con ellas mientras cruzaba aquel patio lleno de macetas de arcilla pobladas solo de yerba mala.

Sin embargo —y en esto la gente sí que no transaba—, si todo lo anterior era posible, entonces había que admitir que también era posible, es más, que era hasta probable, que sí hubiese sido idea de la mujer hacer lo que hizo con intención premeditada, así como también con algo llamado en inglés *men's rea*, palabras que la gente escuchó en la televisión sin entender, porque si bien sabían que *men* significa "hombres", y que el apóstrofo y la s significaban "posesión", igual no se explicaban qué carajos era un *rea* ni quiénes eran aquellos hombres a quienes, supuestamente, les pertenecía.

Pero ¿cuál era la verdad? La mujer recordaba que había sido idea suya y no del azul aquello de caminar como por casualidad, sin destino ni dirección, hasta pasar el punto donde ya no sería factible decir que no se había dado cuenta, que había estado caminando distraída, pensando en esto y en aquello sin percatarse de lo lejos de la casa que sus pasos la habían llevado, ni de lo oscura de la noche. Que había sido su idea caminar sin pensar mucho si continuar por ahí o doblar por allá, cosa de que, si era atrapada, fuera verdad que había sido culpa de su mente despistada (y de nadie más) haber llegado al límite de la propiedad, como si intentara escapar.

Así caminó durante un rato largo la mujer, escuchando a lo lejos el sonido que hacían las ramas de los árboles del campo intentando abrazar al viento, y el que hacían los grillos y los pájaros y las otras cosas que Dios creó solo para verlas arrastrarse toda una vida por el suelo: la suciedad y la muerte de esta tierra. Había caminado y escuchado durante un rato largo, asombrada de poder oírlo todo, hasta el más leve crujido bajo sus pies.

Caminando pasó también por delante de casas y graneros y a través del desorden de patios ajenos llenos de cosas viejas, desechas hacía tiempo ya. Cruzó granjas cercadas y bajó por senderos enmarcados por matojos hasta que hubo sudor entre sus pechos, pero los dedos de sus pies eran diez frágiles estalactitas.

Caminaba sin pensar en nada en especial. Quizás solo en Lilly, la perra sata de su infancia que, a pesar de nacer ciega, la amó más y mejor de lo que ningún ser humano vidente la había amado jamás, y así pensando, para cuando escuchó la música y vio las luces naranjas a lo lejos, ya no podía sentir sus pies, solo su cabeza latiendo donde él había agarrado la costumbre de golpearla de manera que su cabello escondiera los moretones causados por los golpes.

Entonces caminó lentamente hacia el letrero que decía "El Bar de Eva". La música que salía del interior del lugar era tan fuerte que la mujer la sintió en todas partes: detrás de la cuenca de sus ojos, en la concavidad de sus oídos e incluso en el punto preciso que servía de eje a sus muslos.

Quería sentarse. Necesitaba sentarse y aquel letrero de neón naranja era una muy buena señal si significaba que en estos lares una mujer podía ser dueña de cosas e incluso ponerles su nombre en un letrero a la vista de todos.

Y si bien algo de silencio le hubiera venido bien a su cabeza pulsante, decidió arreglárselas sin él porque, total, ¿cuándo había hecho el silencio algo por alguien? Ella venía de un lugar donde los bebés nacían de niñas a las que aún les faltaba mucho para convertirse en mujeres, y nadie decía nada ni hacía mucho ruido, y nada cambiaba. Ella conocía a mujeres que pasaban sus vidas yendo de aquí para allá sin levantar la vista excepto para silenciar a cualquiera que osara reírse o jugar o llorar mientras un hombre dormía dentro de sus casas silenciosas. ¿Y qué hizo alguna vez por ellas toda aquella quietud? ¿Qué había hecho por pueblos enteros llenos de gente con secretos tan grandes y terribles que ni a Dios se los podían contar?

Cuando hubo respirado hasta componerse, la mujer, que llevaba muy poco tiempo siéndolo, fingió una sonrisa y entró en aquella ruidosa semioscuridad con firmeza y seguridad, a pesar de lo estrujadas que estaban su falda verde olivo línea A y su blusa color marrón como sus chancletas. Se paró en la entrada y esperó a que la gente sentada en la barra la mirara todo lo que quisiera antes de regresar a sus tragos y a la pantalla de televisor que, en este lugar, era un rectángulo gigantesco de coloridas imágenes en movimiento, suspendido sobre el enorme círculo alargado de la barra que habían colocado en el mismo centro del local.

—¿Dónde quieres sentarte, mi vida? Cariño, ¿todo bien? ¡Cariño!, ¿mesa o barra? —la apuró una camarera de jeans ajustados y cabello oscuro, corto y puntiagudo, que, pese a la bandeja repleta de tragos que cargaba en uno de sus brazos, se había acercado bordeando la esquina del local como si estuviera montada en patines.

A manera de respuesta, la mujer apuntó hacia la barra antes de atravesar la densa neblina azul del bar para sentarse en el taburete que había señalado.

De inmediato, el bartender puso una servilleta frente a ella sin detenerse a preguntarle qué deseaba, pasando raudo frente a la media docena de manos extendidas a lo largo de la barra, su cara escondida por la neblina azul, su velocidad a la par de la de la camarera.

La mujer sabía que lucía más o menos normal. De algo servía que él siempre se hubiera preocupado por golpearla estratégicamente. Pero no tenía dinero y se preguntó si eso sería algo que el bartender detectaría y, de hacerlo, si le pediría que se fuera.

Buscando alternativas, vio un letrero en forma de flecha que decía "baño" y apuntaba hacia una esquina cuyo contorno era indistinguible en la oscuridad. El letrero parecía estar suspendido sobre la nada y no decía ni "hombres" ni "mujeres". Cualquiera podía usarlo. El lavamanos tendría agua y adentro habría un basurero para eso que llevaba en su bolsillo izquierdo, todavía cubierto por la bolsa plástica que había tomado de la cocina antes de salir. Tal vez podría quedarse en ese baño hasta que cerraran para evitar tener que pedir algo de beber, pensó, y estaba a punto de bajar del taburete cuando un hombre a su lado gritó por sobre la algarabía: "Mikey, una cerveza para la dama", antes de volverse hacia ella y ofrecerle la mano.

—Ismael —dijo, mirándola a los ojos como buen Don Juan de barrio.

—Mayra —respondió la mujer como si así se llamara, pero tardando tanto en responder que él había estado a punto de darle la espalda, asumiendo que no estaba interesada en conocer a nadie con quien divertirse.

—Bueno, pues encantado, Mayra. ¿Eres de por acá? —dijo él, acercando tanto la boca a su oreja para hacerse escuchar por encima del ruido, que ella sintió sus palabras en todos los lugares del cuerpo en los que antes había sentido la música del bar. Como una invasión.

Además, no había previsto preguntas de nadie y no quería responder algo sin tener la oportunidad de pensarlo, de sopesarlo un minuto siquiera, así que solo sonrió y apretó los dedos de los pies para estabilizarse, ahora que había entrado en calor y podía sentirlos de nuevo.

Él sonrió también, pero su expresión era de respuesta, como si la sonrisa de ella fuera un reto que él estaba aceptando. Le dijo que era asiduo a aquel bar, que iba todos los días después del trabajo y por eso sabía que ella nunca había estado allí y que no era de los alrededores.

Ella quiso responder algo, pero hubo un alboroto repentino en el bar tras la anotación de uno de los equipos. El ruido hizo que su cuerpo entero se encogiera y que el Ismael aquel se diera vuelta gritando "¡Wepa!" y "Esa es la que hay, papá. ¡Chúpate esa!", sus ojos de pronto pegados a la pantalla. Para la mujer fue como estar repentinamente de vuelta en su dormitorio en la parte trasera de la casa de su suegra y ahora toda la gente que veía el juego estaba ahí, en su casa, y de la habitación de su suegra salían los ruidos del bar, como si ella no se hubiera movido en toda la noche y estuviera todavía sentada en el piso de su habitación, observando personajes entrar y salir de escena, solo los ruidos cambiando alrededor de ella con cada subida y bajada del telón o con cada anotación de un jugador.

Y no es que ella fuera fanática del deporte ni que estuviera familiarizada con los lugares a los que la gente acudía para divertirse, pero aquella era una noche azul y tal vez por eso entendió que lo que estaba viendo era otro mundo. Uno en el que había mujeres —como las que estaban en aquel bar— que sí eran felices y no solo fingían serlo. Mujeres que se sentían cómodas gritándole a un televisor en una barra pública, tomando cervezas y sonriéndole a hombres llamados Ismael. Mujeres que sí tenían opciones y podían ser amigas de los ruidos provenientes de noches tan azules como aquella que la había empujado a escapar horas antes, golpeada y sudorosa y ocultándose de una madre que amaba tanto a su hijo que insistía en defenderlo por encima de todo.

Ahora Ismael hablaba con alguien que estaba en su costado opuesto, y era obvio que no le había mentido cuando le dijo que era cliente habitual, que pertenecía al lugar y todos lo conocían. Ella se preguntó cómo se sentiría eso de tener amigos, de pertenecer a un lugar y ser siempre bienvenido en él, y sintió esa pregunta dentro de sí como si se tratara de un hambre profunda y desentrañada, todo lo cual se debe haber reflejado en su rostro porque la camarera se le acercó entonces y le dijo que no creyera las palabras lindas de Ismael porque Ismael tenía la mala costumbre de decirle palabras lindas a todas.

Momentos antes, la camarera había estado empuñando un cuchillo gigantesco, cortando limones en rodajas del otro lado del reluciente mostrador de madera y haciendo que la mujer pensara en los cuchillos que ella había robado y escondido tras la visita a aquella clínica lejos de su casa en la que nadie la conocía ni a ella ni a su esposo. El primero con el que logró hacerse era un cuchillo de monte retráctil. De verlo supo que no le serviría, pero aun así lo guardó entre sus faldas. El segundo que consiguió fue un cuchillo de estilete.

—Así que esas tenemos: dos chicas hermosas en contra de un pobre e indefenso hombre. —Se rio Ismael cuando vio a la camarera susurrarle algo a la mujer en la oreja, apenas perturbado por la manera en que había cercenado aquellos limones instantes antes o por la destreza con la que había empuñado el enorme cuchillo.

Cuando la camarera respondió con una mirada que lo desenmascaró como mentiroso, la mujer comprendió que era verdad, aunque no hubiese mentido sobre su familiaridad con el lugar. Aunque, bueno, ¿y qué? Ella también mintió cuando le dijo que había tenido una horrible pelea con su hermano abusivo. Cuando le dijo que había necesitado calmarse, alejarse un rato de su familia. Cuando le dijo que un vecino le hizo el favor de dejarla allí y que no fue hasta que el vecino se fue que se dio cuenta de que no tenía su billetera.

Ella veía su propio aliento al hablar —menos azul mientras más mentiras decía— y tuvo miedo de que él la descubriera y le diera la espalda.

Pero él le dijo:

—No te preocupes. Yo te llevo feliz a donde sea que vivas, cuando quieras irte.

—Te agradezco, pero no quiero ser una molestia. En un rato llamo y enseguida me vienen a buscar —dijo ella, pensando en su esposo y, acto seguido, en sus suegros, quienes nunca venían cuando los llamaba, sin importar cuán fuerte gritara, y quienes a la mañana siguiente jamás decían palabra sobre su boca hinchada ni sobre la sangre seca alrededor de sus fosas nasales cuando ella no tenía valor ni para limpiarse después de una noche eternizada por eventos desafortunados, uno tras otro. Las pausas de sueño que su marido tomaba para recuperarse de aquellos episodios de puños, patadas y bofetones nunca eran lo suficientemente largas para que ella pudiera recobrar el aliento.

Los imaginó despertando en la mañana, viendo el desastre que ella había dejado antes de irse, y se alegró de no tener que estar allí para verlo.

—Ninguna molestia. Es normal que las familias peleen y apuesto a que la tuya ya está preocupada por ti —le dijo Ismael.

—Qué va. Esos seguro siguen durmiendo —dijo ella, apretando y aflojando los dedos de los pies mientras el azul —cada vez menos azul— se tornaba acero a su alrededor.

Ismael tomó un sorbo de su cerveza mientras la miraba por encima del vaso grueso de cristal escarchado con la palabra "Eva" grabada.

Ella también tomó un sorbo largo, y cuando volvió a poner su vaso de cristal escarchado sobre el mostrador vio a dos hombres armados, azules de arriba a abajo, parados a la entrada del bar, como si ella los hubiera convocado con sus mentiras.

Ismael le decía algo, pero la mujer ya no lo escuchaba, concentrada en controlar su cuerpo como ella sabía hacerlo, solo sus ojos moviéndose lentamente, como si estuviera aburrida, aunque lo que realmente hacían era buscar una salida alterna del bar. Pero no. Estaba demasiado cerca de la entrada. Si intentaba irse en aquel momento, si se movía siquiera, llamaría la atención.

Buscó con la vista el contenedor de metal que había estado lleno de limones, donde aún se encontraba el cuchillo grande que había usado la camarera, casualmente inclinado hacia un lado, y sintió desesperanza. Estaba demasiado lejos. Tendría que auparse sobre el mostrador para alcanzarlo, y aun así, en nada la ayudaría.

Allá en su habitación habían estado solos. Él se había dormido. El cuchillo de ella era pequeño, mucho más que el de la camarera, y ella supo lo que tenía que hacer. No era igual con este cuchillo tan fuera de su alcance. Este cuchillo que no había descansado durante un año entre sus dos colchones. Este cuchillo que no la conocía y que era demasiado ajeno para protegerla del azul que estos hombres vestían, un azul que nunca había estado de su lado antes.

No había nada que hacer excepto permanecer quieta, observando los labios de Ismael moverse como si estuviera hipnotizada por su canción, oculta a plena vista hasta que con el rabillo del ojo los vio dar la vuelta y marcharse, dos espaldas azules moviéndose al unísono hacia la puerta.

—¿Qué cosa querrían esos? —dijo Ismael con un gesto de su mandíbula en dirección a los hombres.

La mujer quiso decir algo despreocupado, algo que pareciera una broma, pero no pudo. Ella sabía que el juego había llegado a su fin. Era momento de echar a andar.

Pero ¿y si le pedía que la llevara hasta el próximo pueblo? O tal vez no debía pedírselo, sino fingir que quería compañía y que lo seguiría adonde él quisiera llevarla.

Extrañaba al azul que la había animado a salir de su habitación. Tomar decisiones sin su ayuda era difícil, así que siguió sentada, mirando a Ismael y asintiendo sin escuchar palabra alguna, consciente de que los hombres de azul regresarían y que ella tenía que estar muy lejos de allí cuando lo hicieran.

Mientras tanto, Ismael cantaba, ya no a la pantalla, sino a ella, como si sospechara que el juego estaba a punto de acabársele, su mano en la rodilla de la mujer, sus dedos cada tanto apretándola y enfureciéndola sin que ella pudiera evitarlo.

¿Qué tan malo podría ser?, le insistía ella a esa rabia que no le dejaba mentirse a sí misma, que no la dejaba descansar un poco, con lo exhausta que estaba.

Bueno ya, pensó. Se iría con él. ¿Qué tan peligroso podría ser si todas estas personas lo conocían? Pero es que la gente también conocía a su esposo. Lo conocían de la ferretería, del mercado, del bar cerca de su casa. Solo que no lo conocían con ella.

Entonces el juego que transmitían por el televisor por fin se acabó e Ismael se inclinó hacia ella y le besó la piel debajo de su oreja justo en el momento en que comenzaban las noticias de las once. La música de apertura era urgente y las notas estridentes le retorcieron los nervios.

"Buenas noches. Les saluda Anna Todd, y esta noche a las once: una familia es aterrorizada por un lémur salvaje de gran tamaño, luego de que este escapara de una residencia cercana...".

Las noticias no decían nada sobre el esposo de la mujer, pese a que Anna Todd lucía un cabello azul con flequillos. Tal vez la mujer todavía tenía tiempo para distanciarse de aquellos con quienes nunca más podría vivir, incluso si eso significaba dormir en un bosque, robar ropa de tendederos y dormir con lémures enroscados alrededor del cuello. Incluso si eso significaba dormir con Ismael, quien tal vez vivía lo suficientemente lejos como para poder ir de ese sitio a otro, a un lugar más lejano aún, pensaba ella, buscando al azul por los alrededores, extrañándolo incluso más en ese momento, cuando necesitaba que le dijeran qué hacer para ahuyentar a aquel color acero que ya ni pretendía ser azul y se dejaba ver tan opaco como el color del cemento.

—Entonces, dama, ¿a dónde puedo tener el honor de llevarla? —dijo Ismael, mirándola con ojos de perrito faldero que le recordaron a Lilly, pero también a su esposo.

Antes de que ella pudiera agitar la cabeza para hacer que la imagen se desvaneciera, ya estaba ahí: su esposo llevándose la mano hacia el ojo, el cuchillo todavía donde ella lo había enterrado, tal y como la enfermera de la clínica le había explicado.

Él volvió a caer en la cama, sin mirarla y sin roncar, el único sonido el de su regurgitar hondo, su jadeo de muerte rápida dejándola sola con el azul de la noche y el motor de sus propias piernas para alejarla. En su mano, el ojo que se había desprendido completo, limpio, sin saber por qué se lo estaba llevando.

La enfermera, solo unos años mayor que la mujer, era muy joven. Le contó que estaba estudiando ciencias forenses y que mientras trabajaba en la pequeña clínica había visto más de lo que le era posible procesar. La mujer le dijo que ella también estaba estudiando, bueno, que estaba pensando en estudiar quizás algo relacionado con lo de ella... y tal vez podía aprender algo de cosas forenses porque tenía mucha curiosidad sobre si era posible... si se podía... hacer esta cosa que había escuchado por ahí...

Así fue como la enfermera terminó diciéndole el tipo de cuchillo que necesitaría, algo pequeño, liviano y filudo. "La punta tiene que estar bien afilada, que te corte de mirarla. Claro, ya sabes, lo digo en teoría", le había comentado mientras la vendaba con delicadeza.

Entonces le enseñó dónde enterrar el puñal, con precisión, entre el cuello y el hombro, o justo sobre el ojo, debajo de la ceja, y cómo luego dar un tirón rápido, con fuerza, casi como si se tirara de una palanca pesada.

"Al hacerlo así, cortas la arteria subclavia y él o ella, la persona, ya sabes, se desangrará en segundos. Claro, hay que recordar soltar el cuchillo de inmediato".

La mujer entendió con tanta claridad que casi se vio a sí misma siendo capaz de protegerse de todos los golpes que pintarían de moretones su futuro, y se le escapó un resuello que hizo que la enfermera hiciera una pausa y frunciera el ceño como si estuviera a punto de tomar una decisión importante.

"La mayor parte de la sangre fluirá hacia la cavidad torácica. Es algo relativamente limpio, creo, y algo que vale la pena recordar si una necesita defenderse", le había dicho con la vista fija en el vendaje que le estaba asegurando.

La mujer quiso preguntarle si había visto a alguien hacerlo alguna vez, porque ella estaba lo suficientemente rabiosa, herida y aterrorizada para querer hacerlo.

Pero no preguntó, y aunque pensó en ello y hasta se preparó, pasó un año entero sin que hiciera nada, lo cual explica por qué la gente del pueblo estaba tan segura de que no se le podía echar la culpa a la enfermera. ¿Cómo podrían, si ella ni siquiera había estado allí esa noche? Solo el azul había estado en la habitación, así como más tarde en el camino que llevaba al bar, y en la espuma de la cerveza, y en los ojos de perrito faldero de Ismael.

—Solo necesito un minuto para usar el baño —le dijo ahora la mujer a Ismael.

—Tómate tu tiempo. Pero no te me vayas a poner más bonita allá adentro, ¿okey?

En el baño se lavó la cara y se la secó, se limpió el pecho con toallas de papel y se arregló el cabello café oscuro sin levantar la vista por miedo a volver a ver a su marido en aquel inmenso espejo.

Usó el inodoro sin sentarse, sosteniéndose con los brazos, uno en cada lado del retrete, y pese a ello se orinó los muslos y la falda. Todas las bombillas fluorescentes de aquel baño estaban fundidas menos una, y aun así ella lo vislumbró: el azul silbando desde el otro lado de la ventana sucia del baño, ahí de nuevo, llamándola, tan oscuro como siempre.

Así, para cuando Ismael se paró al otro lado de la puerta del baño, la mujer ya había tomado aire unas cien veces y se había escabullido por la puerta del extremo opuesto del pasillo oscuro.

—¿Todo bien, guapa? ¿Guapa?

Caminando rápido y sin rumbo, imaginó la voz de Ismael, su gimoteo de cachorro quejoso convirtiéndose en el ladrido de una fiera al darse cuenta de que ella se había ido. Así fue que confirmó lo que supo desde el momento en que se sentó en el bar: el azul realmente estaba dentro de ella, y para el azul Ismael era el enemigo y no solo un hombre tonto y engreído en todas las maneras en las que un hombre puede serlo.

Y sin embargo no era su culpa, pensó la mujer mientras caminaba, decidiendo que —¿por qué no?— seguiría llamándose Mayra. No era culpa de nadie que su esposo también hubiese sido un hombre criado para serlo, como ella había sido criada para ser mujer, sin que a ninguno de los dos les hubieran enseñado a compartir el poder.

La mujer se detuvo unos momentos detrás de un árbol, dejando que pasara una camioneta blanca y ruidosa, e imaginó el momento en que Ismael se enteraría de lo que ella le había hecho a su esposo, deseando que comprendiera algún día que ella le había hecho un favor. Que haberse ido siguiendo al azul había sido su manera de agradecerle las cervezas, los piropos, su mirada de perrito sumiso y hasta la cercanía de su oído.

Así se perdió carretera abajo, pensando en aquel oído tibio al cual, quizás en otra vida, habría estado feliz de susurrar cualquier cantidad de cosas.

TERESA TRASCIENDE LA MORGUE

En memoria de Roberto Bolaño y de todas nuestras Teresas

1.
En la sala 112 me espera el torso de la cuarta en lo que va de mes. Calcinada. Sin piernas, brazos ni senos. Sin ojos. ¿Cuántas mujeres más?

2.
Debería comenzar. Ponerme a preparar lo que queda de ella, pero ¿para qué? ¿Para que las autoridades anuncien otra de esas pesquisas indiferentes? ¿La "amplia" investigación que concluirá con la ya predecible falta de resultados?

3.
No. Lo que realmente debería hacer por ella ahora es crear algo lúcido. Hacerle un verso. Componer una elegía... no, una canción... de protesta. Algo valiente y hermoso. Algo capaz de hacer que incluso el sádico más dañado jadee, se lleve la mano a los huevos. Darle algún significado al horror. Al menos esa sería una prioridad digna: adornar este, su final forense, como hice con las otras. Las pobres.

4.
Pero es que sin ojos no puedo. Las palabras no me vienen. Necesito una mirada, aunque sea fija, de pupilas secas cuyo blanco se haya tornado amarillo o naranja, da lo mismo. Pero así no. Sin mirada no hay nada. Ni palabras. Solo fracaso.

5.
Desesperado busco en su expediente. Teresa. Tener un nombre con el que trabajar me ha sido útil en ocasiones anteriores. No esta vez. Esta vez soy simplemente otro hombre: un lacayo del diablo que permite que quienes se llevaron hasta sus ojos salgan victoriosos.

6.
Casi he decidido delegar. Dejársela al jorobado perezoso que siempre llega tarde a relevarme. Pero la veo: una mosca azul. Pasa por mi lado con su zumbido largo, vibrante, ensordecedor, y se refugia en la órbita derecha del rostro machucado de la Teresa.

7.
Ahora salta. Revolotea ahí, en el vacío de esa concavidad oscura y, de seguro, húmeda. Tibia. Su aleteo loco le levanta el párpado a la muerta como si se tratara de una cobija y la mosca solo intentara acomodarse, arroparse un poco mejor, esconderse de tanto hedor que exuda este mundo de mierda.

8.
Es un gesto tan extraño esa confianza que por un segundo no veo una mosca. Veo a un niño acurrucándose, arrastrándose de vuelta al útero. De inmediato hay un ruido, un temblor interior, un rugido. La visión ha desatado algo dentro de mí. ¿Una emoción, tal vez? No lo sé.

9.
Lo que sé es que transforma el olor perenne de la muerte —al que nunca te acostumbras, ni siquiera trabajando en una morgue— en algo casi dulce, a pesar del horror, o no "a pesar de". El horror aún está ahí, más suave, leve. Un recuerdo diluido.

10.
Así me encuentra el cabrón jorobado cuando se digna a aparecer. Me he quedado ahí, mirando a la mosca azul saltar, yo mismo asaltado por recuerdos que no me pertenecen. Que no nos pertenecen ni a ti ni a mí. Que nos avergüenzan porque nos hacen soñar que escapamos de algo, precipitados, despavoridos, cruzando un terreno abierto e interminable.

Corres. Arriba, brillantes cielos cerúleos. Abajo, muchos árboles, pero no es un bosque. Quizás estás en el campo porque el aroma es de gladiolas cuando finalmente te dejas caer sobre las hojas de hierba recién cortada y, riendo, te declaras hambriento.

Tu madre esconde una sonrisa y te regaña, mientras te manda un plato colmado que te llega por relevo de manos desde su extremo de la vieja mesa de madera, sobre las risas y el alboroto. Por eso no te preocupa su regaño. Sabes que jamás te abandonará, que nunca delatará a su niño. Ni siquiera ahora, cuando el plato llega a tus manos y, sin encomendarte a nadie, te sumerges —dedos y todo— en el dulzor de las moras silvestres que ella quemó hasta volver almibaradas y vertió sobre un vulgar montón de carne asada. Los huesos de la bestia todavía humeando. La mosca azul sobre el almíbar.

PÁJARA

El verano en que me convertí en pájara, el viejo matadero de reses frente al edificio en el que vivía se transformó abruptamente en un palpitante club de baile. Podría decirse que fue de la mañana a la noche, porque una mañana salí a trabajar y cuando regresé esa noche, ya estaba allí.

Así, durante dos semanas de ese junio del año 2000, el sucio edificio de ladrillo que por más de cien años dio sombra a los vecinos de aquel bloque del Lower East Side de Nueva York tuvo un nuevo y grandioso letrero que lo declaraba "The Killing Room", que en español significa algo así como "El cuarto de matar" o "La cámara mortal".

Quince días después, las altas paredes recién pintadas de negro mate fueron pintadas de nuevo, esta vez en varios tonos de azul perlado, y el club fue rebautizado como "Cielo".

Todavía no me había convertido en pájara cuando eso sucedió. Seguía siendo mujer, pero todo ese cambio, tan rápido y tan cerca de mí, era, por supuesto, un claro presagio de más transformaciones. Como si el club no fuera otra cosa que una advertencia, concreta y de concreto, vívida y urgente, que yo, lamentablemente, no supe reconocer.

~

A diferencia de mis vecinos, yo era entonces una neoyorquina neófita recién reclutada de un archipiélago colonizado del Caribe para venir al *mainland* como editora de textos académicos en el departamento latinoamericano de una prestigiosa revista literaria.

Nunca antes había estado en Nueva York. La conocía de libros, de películas y de las anécdotas que contaban compañeros de clase con familiares allí. Quizás por eso, tan pronto aterricé me enamoré de la ciudad. Desde las primeras emanaciones tóxicas que inhalé y desde el primer dueto de bocinas vehiculares con sirenas de camión de bomberos, sentí ansiedad por ser de allí, por pertenecer a aquella gran urbe.

Tan desesperada estuve por obtener la aprobación de esa Gran Fruta, que me apresuré a adoptar los hábitos de manzana americana de sus nativos: siempre andar corriendo aunque no tuviera prisa, y preocuparme por avanzar profesionalmente como si un demonio muy veloz estuviera a punto de alcanzarme para apoderarse de lo que fuera que yo había decidido lograr esa semana.

Apenas había cumplido los treinta y estaba convencida de que cosas como esas eran claves si quería pertenecer algún día a esa ciudad mágica en la que, mucho me temía, yo no merecía estar.

Era joven y estaba enamorada de un lugar que me sabía a libertad. Mi viejo hogar se desvanecía en el olvido como si, al tomar el vuelo a Nueva York y alejarme de mi país sin rascacielos, hubiera dejado todo lo que antes hubo colgado de la primera nube disponible, sin siquiera mirar atrás.

~

Cielo sufría de la misma baja autoestima que yo. ¿Acaso no se había remodelado a toda prisa, como si no tuviera tiempo para reconsiderar una mala elección de colores? Corriendo a cambiar de nombre solo porque el primero que le pusieron sugería que en sus predios ocurrían asesinatos con la suficiente frecuencia como para tener un cuarto especialmente designado a la actividad de matar.

Y luego estaban los arreglitos que más bien eran arreglotes. De hecho, poco tiempo después de la apertura, escuché a alguien pasar frente a mi edificio diciendo que la mayor parte del club carecía de techo. Se lo habían quitado y habían colocado tragaluces que se mantenían abiertos aunque lloviera para atraer así a quienes alcanzaran a escuchar la música. Esto me pareció el epítome de la desesperación por pertenecer, un eco del síndrome del *trying too hard* y la mejor prueba de que Cielo y yo éramos miembros del mismo culto a Nueva York.

Era como si vivir aquí fuera un premio digno de todo sacrificio y la forma de demostrarle a todos en casa (dondequiera que esta se encontrara) que lo habías logrado. Que, contra todo pronóstico, te habías convertido en alguien, y la prueba era que vivías en la cabrona capital del mundo.

Claro que lo malo de meterse en cultos es que comienzas a esconderte de tus propios pensamientos para no cuestionar. Como yo, que en las noches en que Cielo cerraba me pasaba horas mirando su enormidad perlada a través de la única ventana que había en mi obscenamente caro apartamento-armario. Contemplaba ese enorme espacio vacío, sabiéndolo expuesto a los caprichos del clima, y me veía a mí misma allí, parada entre montañas de escombros, enterrada en las ruinas de algún coliseo romano: una visión tan real que cuando me asaltaba, yo temblaba, convertida en hielo en pleno verano.

Por desgracia, con el amanecer se me olvidaba todo, mi pavor de la noche anterior solo un aviso más en la larga lista de avisos que se me estaba acabando el tiempo para acatar.

Para julio ya era demasiado tarde. La versión de mí misma que tan rápidamente y de buena gana se había transformado en neoyorquina, había vuelto a mutar, esta vez a pájara. Me había convertido en una chipe aliblanca migratoria nativa del Caribe, especie de cuya existencia solo tuve plena consciencia cuando mi mutación estuvo completa, cada pluma en el lugar preciso, y yo sin duda alguna de lo que era ahora: una desgraciada pájara chipe aliblanca, hecha para volar sobre el Yunque y no sobre viejos y porosos edificios de ladrillo color sangre seca.

A los pocos días de la mutación, que ocurrió mientras dormía, ya estaba exhausta de tanto chirriar de angustia, de observar mis alas abrirse y cerrarse compulsivas, de ver las plumas de mi nueva cola explayarse sin control y sin aviso. Era un desastre, y no tenía mente para nada que no fuera mirar y mirar a esa pájara que se reflejaba en el viejo pedazo de espejo que había colocado detrás del fregadero cuando me mudé y que había servido de zócalo/salpicadero improvisado a la mujer que fui.

Y no. No estaba soñando. No me jodas. No iba a aparecer alguien a chascar los dedos para salvarme. Ni podía gritar, porque los sonidos más fuertes que podía emitir en mi nuevo estado no alcanzaban el volumen suficiente. Eran guturales y mecánicos, como música hecha con sintetizadores, efectos especiales que se asemejaban más a los de un pato que a los de una pájara de aire, lamentos risibles que drenaban toda energía de mi nuevo y frágil cuerpo. Tan frágil que un día de esos casi muero de un ataque de impotencia porque cuando tienes un tamaño pequeñísimo, las emociones fuertes son tan peligrosas como la escopeta de un cazador. El corazón se te detiene igual. Luchas por respirar del mismo modo.

Después de ese susto, decidí tomar con más calma esas mutaciones sincronizadas, la de Cielo y la mía. Ver a la una como confirmación de la otra. Dos partes de una misma novela que terminaba en que nunca más volvería a ser mujer.

Lo que intento decir es que me resigné. No sé por qué doy tantas vueltas para decirlo. Quizás es que esa palabra es dura de decir. Bien dura.

El caso es que aprendes a resignarte y logras pensar la palabra y sentirla en el pecho como un calmante de esos que te dejan sonsa, sin saber en qué día vives, sin querer saber, pues ya da lo mismo. Si has podido resignarte un poco alguna vez —piensas—, ¿qué importa si ahora te resignas mucho?

Ese era mi estado mental cuando vi al cuervo por primera vez. Era negro, por supuesto. Un grandioso cuervo era el nuevo *bouncer*, como si Cielo supiera que seguía siendo The Killing Room en su interior. Un cuervo que era, para colmo, según pude picotear en Google, nativo de la ciudad a la que yo tanto había querido pertenecer, ambos oscuros y magníficos. Un espectacular y fantasmagórico espécimen de pájaro estadounidense que apareció para cuidar las grandes puertas metálicas de aquel cielo de cemento.

Tenía pelambre de plumas negras, gafas de sol negras, camiseta, pantalones y botas, todos negros. Llevaba una chaqueta también negra, por supuesto, adornada con tachuelas metálicas que, desde mi privilegiada posadera en la escalera de incendios del tercer piso al otro lado de la calle, le daba una silueta mítica, un aura de sombra centelleante (gracias al reflejo de las lámparas de la acera) que se proyectaba en las paredes azul clarísimo del club.

Y no es que fuera guapo y mucho menos perfecto. Para nada. Tenía una forma rara de caminar, como si intentara esconder una cojera pronunciada. Su voz era un tanto desagradable, con los graznidos fañosos, roncos y estridentes de un rapero desafinado. Y, bueno, había otra cosa: yo había sido una *snob* en mis días de mujer en Nueva York. No de cosas materiales, pero sí de educación. De ambición por ser, por tener "lo que hacía falta" para sobrevivir en esa gran urbe. O sea que el cuervo era un cuervo con el cual jamás habría salido cuando usaba sostenes talla 32B. En ese entonces estaba enfocada en hombres que compartieran mi amor por los libros, el estudio y el debate apasionado. No en aves cuya mayor responsabilidad fuera jugar a la popularidad manejando el cuentagotas con el que dejaban entrar a sus predios a pájaras desesperadas por ser vistas bailando y divirtiéndose en ahumados clubes citadinos.

Pero precisamente por todo eso quise interpretar su aparición como el más claro indicio recibido hasta el momento de que no se trataba de si podía volver a ser mujer o no, sino de si alguna vez había sido una realmente. Si quizás la razón por la que me había sentido tan sola toda mi vida era por ser, sin saberlo, el figurativo "pájaro fuera del aire" entre los humanos. Además, ¿qué importaba ya si había sido una mujer de verdad? Aunque así fuera, ¿quién podía asegurar que este no era el precio que tenía que pagar para ser una verdadera neoyorquina? Para encontrar mi tribu. O para hallar el amor, o al menos la compañía de un ser con el cual caminar o, más bien, volar por la vida.

Dirás que me estaba conformando, pero no sabes lo que dices. ¿No te estoy diciendo cuál era mi realidad? ¡Era una puñetera pájara! Y la posibilidad más tangible de amor que tenía era ese cuervo, con su postura de rey y una actitud tan digna que cuando me percaté de que me buscaba con la vista para sonreír y saludarme con el ala, me sentí protegida, cautivada. ¿Acaso no significan lo mismo ambas cosas?

Lo veía esforzarse por llamar mi atención, ignorando a las palomas, perdices y golondrinas que, desde la fila, intentaban captar su interés para que las dejara entrar al club, y parte de mí se preguntaba si aún querría volver a ser la solitaria mujer que había sido, o si elegiría quedarme pájara y contar con el calor de un cuervo cojo, ronco, disonante y, para colmo, sin estudios ni carrera.

Liberada ya de mis estándares y del esnobismo que solo me había servido para convertirme en una borrachona de soledad, quizás dejaría de ser la mujer joven más patética de esta exigente ciudad.

~

Antes de seguir quiero decir algo: la soledad no fue jamás el plan. Había llegado allí una joven inmigrante con mucho estudio y poca familia. En realidad, ninguna familia. Mis padres eran mayores cuando nací y murieron, uno muy seguido del otro, antes de que me graduara. No dejaron mucho dinero, pero sí dejaron matrículas pagadas, así que estudié y estudié para obtener un doctorado en literatura afro del Caribe una semana antes de cumplir veintiocho años.

Mi plan para Nueva York era vivir por un tiempo la vida de la chica normal que trabaja en una anomalía: una revista académica con un dueño adinerado y un fondo benéfico establecido en su nombre a perpetuidad. Nuestras oficinas estaban en Broome Street en la época en que Soho era considerado un lugar áspero, pero con alma. Y yo caminaba al trabajo hiciera frío o calor, haciendo una parada para tomar café, convencida de que era Rita Moreno, Miriam Colón o Mary Tyler Moore interpretando el sueño de la chica de oficina que se siente afortunada de poder lanzar su gorra al cielo de una ciudad real y repleta de posibilidades.

De vez en cuando, encontraba una pieza de escritura tan grandiosa que olvidaba mi obsesión por hacer, lograr, ascender, y disfrutaba del trabajo por sí mismo, libre del miedo al fracaso durante varios días o semanas. Leía y luego escribía mis resúmenes cuidadosamente, marcando página y línea de los pasajes que quería que el editor principal notara. Me saltaba el almuerzo, salía de la oficina entrada la noche y caminaba de regreso al apartamento de la calle Little West 12th para llevar a cabo mi versión de la idealizada rutina bohemia de una soltera en Nueva York, desnudándome hasta los pantis, abriendo una botella de vino y sentándome en el asiento de la ventana a leer y beber hasta quedarme dormida.

Ocasionalmente, algún chico —también ambicioso, por supuesto— venía a pasar un rato conmigo. Solo que, a menudo, antes de que pudiera hacerme ideas o esperanzas, el chico resultaba ser un hombre que no podía quedarse toda la noche, por lo que tuve que aprender a olvidar a chicos y a hombres antes de que amaneciera, y a vivir para repetir el simulacro (con nuevo suplente) en otra ocasión.

Pero también estaban los días sin la distracción del trabajo. Días en los que la soledad dolía, como decía el comercial, y me sentía tan sola como si no hablara el idioma y no pudiera ser comprendida por los que hablaban inglés y tampoco por quienes hablaban español, incapaz de hacer amigos, sintiéndome extraña, fuera de lugar, ridícula.

Esos días sin dramas ni sorpresas fueron los que lo empezaron todo, estoy convencida. A ellos me refiero cuando digo que Nueva York tuvo la culpa. ¿Acaso no estaba en la mejor ciudad del mundo? ¿Si no era feliz aquí, dónde se suponía que lo fuera? ¿Dónde estaban la fortuna y el amor maravilloso de duques, príncipes o potentados que seguro eran posibles aquí? Pensando así, mis noches de vino se convirtieron en noches de vino y whisky, luego en noches de vino, whisky y ron, y partes de mí comenzaron calladamente a desaparecer. Todo el invierno y parte de la primavera antes de que mutara a pájara, se estuvieron creando espacios huecos dentro de mi cuerpo sin que yo lo sospechara, a pesar de que necesitaba menos comida pero más bebida con cada día que pasaba, toda yo, al parecer, preparándose para dejar atrás mi humanidad.

Nada como convertirte en pájara un día, ante tu propio espejo, para que tu vida se separe en el proverbial "antes y después". Pero en mi caso, se trató del antes, del después número uno y del después número dos.

ANTES: El cielo (el cielo real, no el club) de aquel mes de mayo adquirió el color del acero cepillado, a pesar de que ya casi era verano (otra cosa que debí haber notado). Mi piel se volvió amarillenta, seca y como manchada de tinta desde adentro. Me dije a mí misma que era el verano que se aproximaba, disecándolo todo. Pero era también que mi copa nocturna de vino había desaparecido por completo, substituida por un fuerte anhelo de charcos más fuertes, más ámbar, yo rápidamente convertida en una de esas mujeres que siempre quieren estar mojando el pico en los licores de otros.

Pensaba que se trataba de una fase más de la migración. Que estaba deprimida, pero que seguía funcionando a pesar de que había comenzado a ahogarme en alcohol casi a diario. Creía que nadie lo notaba, pero cada día estaba más débil. La sola idea de levantarme de la cama era una fuente diaria de pánico, y perdí tanto peso en esos meses que mis brazos llegaron a parecer alas cansadas que colgaban de mi cuerpo, hasta que mi soledad diluyó la ambición que tanto me había sostenido a mi llegada a Nueva York.

Cuando no aparecí en la oficina un día de mayo antes de aquel verano de cambios, me despidieron por teléfono. Y lo peor es que sentí alivio. Quizás porque ya para entonces llevaba semanas en las que la más ligera brisa era capaz de derribarme, en las que la respuesta brusca de cualquiera me hacía correr a esconderme en el baño a llorar. De ese antes recuerdo poco, excepto que el último día que fui a la oficina salí en la mañana, dejando al otro lado de la calle un matadero de reses, y encontrando, al regresar, un edificio negro que se autodeclaraba asesino.

DESPUÉS NÚMERO UNO: Desperté pájara un día, o quizás una noche, porque como ya no tenía que ir al trabajo había perdido la consciencia del reloj y el calendario. Ahí comenzaron las largas horas desesperadas. En total, fueron quince días pensando obsesivamente en la piel, el rostro y las extremidades, posiblemente perdidos para siempre.

Me posaba durante horas en la percha de la escalera de incendios del apartamento de la calle Little West 12th, incapaz de recordar qué era lo que había hecho tan mal para que (no sabía quiénes) me hubiesen convertido en esta insignificante bestia cuyas plumas temblaban hasta en el aire quieto.

Afortunadamente, todavía tenía acceso al apartamento que había pertenecido a la mujer que fui gracias al hábito de pagar el alquiler con al menos un mes de anticipación. Así que, cuando pude pensar, picoteé el teclado de mi compu para pedirle trabajos de traducción a un editor que fue mi amante en mis primeros meses humanos en la ciudad. No estábamos aún en el nuevo siglo y había sido un gasto extravagante comprar aquella computadora grande y aparatosa con mi pequeño presupuesto de empleada, pero ahora me alegraba de tener algo que hacer que me recordara a la vida que había desperdiciado.

No tenía idea de cómo haría gestiones bancarias ni pagos siendo pájara, pero en ese momento tener techo y trabajo, aunque fuera por un mes más, alivió mi terror.

Eso durante el día, porque en la noche solo sabía mirar esos cielos que me recordaban al color púrpura-gris de los ceniceros sucios y posarme en el metal a escuchar los sonidos de hip-hop, soul, salsa y bachata que derramaba The Killing Room cada vez que sus grandes puertas negras se abrían.

El DESPUÉS NÚMERO DOS vino cuando The Killing Room se convirtió en Cielo y él apareció, cambiándolo todo, haciendo que yo saliera a la barandilla cada noche a intentar mantener mi tarso recto mientras envolvía las falanges de mis patas de pájara firmemente alrededor del riel de la escalera de incendios. Practicaba una y otra vez sin distraerme con la música que escapaba de enfrente, preguntándome cómo sería volar sobre ese majestuoso club sin techo sin rastro del miedo que me hubiera congelado de solo pensarlo cuando era mujer.

Claro que igual no era capaz de hacerlo. Era una pájara súbita, y aunque ya no sufría de la fobia al Cielo de cemento, y había perdido el miedo a volar heredado de la mujer que fui, la realidad era que seguía siendo una indocumentada entre las aves que miraba ir y venir. Anhelaba que se fijaran en mí los arrendajos azules, los gorriones y las garzas, que me saludaran porque yo seguía siendo incapaz de dar el primer paso, petrificada ante la posibilidad de ser ignorada.

Pero no ocurrió. Así volví a vivir entre dos mundos como la inmigrante que seguía siendo. Ya no era una mujer, pero tampoco era un ave que las otras quisieran reconocer. Algunas cosas nunca cambian.

Solo el cuervo había sabido dar ese primer paso. Ese saludo de lejos había sido el pequeño gran milagro que yo necesitaba. Gracias a él, ahora tenía lo que solo había experimentado durante aquellos días tempranos, acabada de llegar a Nueva York: esperanza. Y todo gracias a un pajarraco sin carrera que cojeaba más que una silla de tres patas, pero cuyos defectos recordaría años después al leer una novela sobre un hombre que viajaba a través del tiempo, encontrando el amor en el pliegue de los siglos: "Y cada imperfección que se descubrían los volvía más posibles, más deseables el uno para el otro".*

Gracias a él, no tardé todo lo que una supondría en hacerme a la idea de ser pájara, pensando demasiado pronto: *No necesito los problemas de una mujer. Cambiaré la velocidad de Nueva York y sus reglas hechas por hombres, por el mundo tranquilo y melodioso de los pájaros en el que el género no parece ser un problema determinante.* (¡Ja!).

Y había otro importante beneficio: ya no era alcohólica. Desde el momento en que abrí mis ojos de pájara por primera vez, no pensaba en licor. Ahora pensaba en el cuervo presidiendo la acera, decidiendo quién podía

* La novela es *El viajero del siglo*, de Andrés Neuman.

entrar y quién se quedaría afuera por más tiempo o para siempre. Pasaba horas leyéndolo como antes leía historias, llenando los vacíos de lo que no sabía de él con lo que imaginaba, editando un poco más cada noche, convencida de que todo lo que mi mente de pájara añadía era la verdad.

Debo decir que mi obsesión no era completamente unilateral. Él también se había dedicado a buscarme, a mirar hacia mi balcón durante largos ratos, a ondear un ala desde el otro lado de la calle cuando me veía. Un amigo, pensé. Quizás algo más. Y ahora que las bebidas ambarinas habían dejado de acosar mis noches, me preguntaba si alguien o algo (seguía sin saber qué o quién) me había convertido en pájara por mi propio bien.

A todas estas, el cuervo y yo no hablábamos. O sea, todavía no. A mí me parecía lógico que él no pudiera moverse de su puesto durante las horas de trabajo, y él seguramente podía darse cuenta de que yo todavía no sabía volar y no tenía una mamá pájaro que me enseñara.

Pero ya habría tiempo para todo. Pensaba en todos los hombres por los que había suspirado a lo largo de los años. ¿No era este magnífico pájaro mucho más digno de mi paciencia? Decidí que él necesitaba a esta pájara en la que me había convertido. Teníamos tanto en común: solos los dos, el hollín y la niebla de Nueva York haciéndonos sentir pequeños. Nos habíamos encontrado y pronto estaríamos acompañándonos, pensaba, bebiendo esos nuevos pensamientos tan compulsivamente como antes bebí líquidos con grados prueba en la etiqueta. Creyendo en todo. Gorjeando alegremente sobre lo maravillosa que sería mi vida de pájara junto a él.

~

El verano continuó. Encontramos formas de comunicarnos. Yo me elevaba unas pulgadas del riel cada vez que él miraba en mi dirección para mostrarle mi progreso. Y él emitía sonidos en mi dirección cada vez que la fila se reducía y había más personas saliendo del club que entrando. Hasta me parecía que cojeaba más rápido cada vez que me veía. Eran señales, signos como aquellos que tanto ignoré a mi llegada a la ciudad y que habían resultado ser reales. Además, no está mal creer en señales si te encuentras convertida en pájara en Nueva York y señales es todo lo que te queda.

Una noche ventosa, escuché el crujir nítido y fuerte de unas plumas. Un par de cigüeñas desfilaban frente a la fila de gansos, patos y la ocasional gallina tempranera en la entrada del club. "Oye, Aldo, cariño, esta es mi amiga Annika", una de ellas arrulló, los bordes de ataque de sus alas adornados con brillantina dorada y lentejuelas. Tenía un pico brillante y rojo en forma de lazo que podía ver claramente desde mi posición. Annika, su amigota, que llevaba pantalones rosados ajustados y tacones altos, caminaba más como pelícano que como cigüeña, y tal vez eso era lo que era. No podía estar segura y tenía algo más importante en que pensar: ¡Aldo!

Saboreé su nombre por fin y, emocionada, relajé mi agarre del desgastado pasamanos de metal de la escalera de incendios justo cuando un viento frío me arrojó contra el alféizar de la ventana.

Desorientada, me llevó unos segundos recordar dónde estaba. ¿Me habría visto Aldo tirada como una vulgar rata muerta? Busqué hasta localizarlo con los ojos llenos de polvo por el viento. Ahí estaba. Hablando con las cigüeñas. Le había dado a Annika —la medio pelícano— su chaqueta de cuero para protegerla de las ráfagas. Se veía diferente y no era por la chaqueta, sino por la forma en que sonreía mientras miraba fijamente sus caras adornadas, como midiendo la valía de sus amigas con algo entre deseo y desprecio en sus ojos negros. Ellas también le sonreían, acercándose a él mientras el viento soplaba y yo permanecía donde me había caído, incapaz de volver a subir al pasamanos, los ojos fijos en Aldo y las cigüeñas. Los tres bailaban una danza de cortejo que yo conocía bien mientras Cielo honraba sus antecedentes de matadero, solo que ahora se trataba de un figurativo y ordinario *meat market*: un lugar al que la gente iba en busca de carne con la cual aliviar la soledad.

Lo admito: hubiera querido que las ignorara, que no le hubiera atraído la belleza de Annika y de su amiga. Pero lo que más deseaba era que hubiera pensado en mí. Que me hubiera buscado para saber si yo estaba bien. Cuando no lo hizo, supe que había estado sola todas aquellas noches en las que me imaginé acompañada, y me sentí más tonta y más sola que nunca.

El viento seguía soplando, pero yo no quería saber nada. Mujer o pájara, mi destino parecía ser la soledad, así que me dejé caer contra el concreto que rodeaba la ventana y cerré los ojos.

~

Soñé que Aldo subía cojeando a mi guarida, en un gesto romántico, sus afilados ojos negros fijos en mí. Imaginaba los músculos de su pecho robusto bajo las plumas oscuras que asomaban desde el cuello de su camiseta negra, y anhelé ser algo que yaciera vibrante bajo su cuerpo.

Me despertó una nueva ráfaga de viento abriéndose paso por la cuadra y haciendo tintinear espuelas y lentejuelas. Mientras soñaba, el viento me había hecho caer un par de escalones a través de la escalera de metal rojo oxidado.

Al otro lado de la calle, Aldo guiaba a las cigüeñas, que cotorreaban emocionadas hacia la entrada del club. La puerta se cerró tras ellas con un golpe que me pareció la nota final de la violenta banda sonora que me había lanzado al suelo en más de una forma. Luego asumió la postura de Servicio Secreto con la que "custodiaba" bajo el resplandor de las farolas, sonriendo para sí mismo, mientras yo sentía el deseo desesperado de un trago de whisky, de ron, de alcohol de farmacia o perfume barato. Lo que fuera.

Minutos después pareció recordar que yo existía y levantó la vista, como buscándome. ¡Ja! No me iba a encontrar. Me quedaría en el peldaño del escape de incendios y lo dejaría buscar sin moverme. Excepto que Aldo sonreía como siempre, saludando con su ala como si pudiera verme. ¿Cómo era posible? Yo estaba ahí tumbada, mimetizada con el escalón, pequeña y aplanada. Era imposible que me viera.

Entonces escuché un graznido enojado y arqueé mi cabeza adolorida para mirar hacia el cielo de Nueva York, el real. Allí, en la escalera de incendio del piso justo encima del mío, había una cuerva que parecía bastante molesta. Debía vivir allí porque hasta nido tenía. Un nido firme que el viento no había movido, pero que ella parecía querer destruir, saltando y saltando sobre él con su gran panza embarazada.

Escuché el familiar graznido disonante respondiendo desde abajo. Aldo la llamaba de una manera que reconocí de mis días de mujer. Era el tono de un macho que intenta suavizar plumas erizadas cuando es obvio que lo ha hecho antes, que no hay reto en lograrlo, y recita su rutina sin preocupación: que solo estaba trabajando, que eran clientes, ¿qué quería ella que hiciera? Excepto que sin la chaqueta de cuero que le había prestado a Annika, su canto sonaba hueco. Sus plumas eran simples, ordinarias, de un gris opaco y apelmazado, sin el brillo negro que había visto (¿o imaginado?) en ellas.

Así es como el desencanto se vuelve letal para una mujer que, atrapada en la inmensidad de una ciudad como Nueva York, se convierte en pájara. Como comienza a escuchar ecos en los edificios de ladrillo a su alrededor, convertidos en espacios sagrados, sin techos y con las ventanas rotas, hasta que se ve obligada a ver que estuvo sola todo el tiempo. Una pájara ciega creando un mundo inventado y un amor real solo en su mente; una pájara que ahora está aún más sola porque no puede volver a confiar en quien la engañó: ella misma. Es así como repentinamente se sentirá desesperada por un charco ámbar del cual beber y...

Escucho un gemido largo y melancólico como un silbido. Es ella, la cuerva. Debió haberse acostado en su nido porque ya no podía verla desde donde estaba.

Al otro lado de la acera, enmarcado por las deslumbrantes puertas de metal de Cielo, el cuervo de la cuerva estaba coqueteando ahora con unas cotorras toscas a las que sonreía como si fueran hermosos y delicados quetzales.

Fue entonces cuando me dije que mi plan para el "Después número tres", que consistía en ahogarme en el primer charco ocre disponible, tendría que esperar, y comencé a subir la escalera de incendio hacia el nido de la cuerva, peldaño a peldaño.

Ella me necesitaba. Y yo tenía muchas cosas que contarle.

BOTELLA

Era una ciudad plana, sin una loma lo suficientemente atrevida para llamarse a sí misma colina. Pero había hecho tanto calor aquella tarde que, cuando miraron hacia adelante y hacia arriba, vieron una espesa neblina, una penumbra rosada-amarilla-naranja en el punto en el que la I-95 se eleva para encontrarse con las nubes, y eso hizo que la mujer pensara que era el contorno de un acantilado dorado lo que veía balanceándose suavemente a lo lejos.

Pero debajo de la neblina, la realidad. El Honda Civic azul eléctrico detenido en el desorden de autos siseando como ollas de presión sobre ruedas; los dedos del hombre tamborileando sobre el volante, más y más rápido con cada minuto que permanecían atrapados, incapaces de moverse en dirección alguna.

—¿A qué se te parecen? —preguntó la mujer, que no dejaba de abanicarse con una rústica construcción de palitos de helado y papeles de colores, "Miss Nieves" escrito en letra cursiva infantil de una punta a otra de la artesanía.

—¿A qué se parece quién? —preguntó él.

—No quién. Qué. Las nubes —dijo ella, señalando al cielo con la barbilla.

—Vamos a llegar tarde —dijo él, apartando la vista del cielo y enfocándose en el trozo de autopista abarrotada frente a ellos.

—Todo estará bien —dijo ella—. Llamé antes de salir y dijeron que nos esperarían.

—*Wow*. Qué considerados —dijo el hombre.

La mujer se volvió hacia él.

—Por favor, no empieces.

El hombre comenzó a girar el dial de la radio, cambiando de frecuencia hasta que el sonido que emergía parecía una discusión secreta escuchada a través de paredes delgadas, tarde en la noche.

—¿En serio tienes que hacer eso ahora? —dijo la mujer, que tenía poca experiencia siendo adulta y menos aún viviendo en una ciudad que a tantos les parecía alegre y glamorosa, pero que a ella le resultaba plana, seca y hasta antipática.

—Tiene que haber un informe de tráfico que nos diga qué es lo que está deteniendo esto, ¿tú no crees? ¡Han pasado quince minutos!

—Entiendo, pero ¿podrías no hacerlo? Ya de por sí estoy nerviosa —dijo ella.

—¿En serio estás nerviosa? Porque no parece —dijo él, mirándola fijamente.

Pero cuando ella lo miró con la cara enrojecida y el pecho agitado por el calor, el hombre se mordió el labio y miró hacia otro lado.

—Te dije que Ana podía venir conmigo. Lo habría hecho de mil amores —dijo la mujer entonces.

El hombre giró el dial unas veces más antes de apagar la radio, dejando solo el sonido de los cientos de motores encendidos alrededor de ellos, como un ejército metálico detenido en la frontera de algo que el hombre y la mujer escuchaban y sentían, pero que ninguno de los dos podía ver.

—¡'Cucha! —dijo ella después de un minuto—. Escucha, escucha, creo que es un camión de bomberos tratando de abrirse paso. Ay, Gran Poder de Dios, que así sea.

El hombre no escuchaba nada, pero la mujer bajó el cristal de la ventana y puso las rodillas en el asiento del pasajero antes de sacar la cabeza y parte del torso por la apertura. El hombre apagó el aire acondicionado entonces y el auto tembló un poco, como si se quejara.

—¿Qué quieres apostar a que todo esto es por un montón de idiotas noveleros actuando como si nunca hubieran visto un accidente automovilístico? —dijo ella.

El hombre imaginó el rostro pecoso de la mujer escaneando la carretera. Miró lo que todavía podía ver de ella: las piernas de canela, bien formadas debajo de una falda lápiz de poliéster azul marino; su siempre impecable camisa blanca abotonada, ahora un poco sucia por haberse apoyado contra los bordes de la ventana buscando ver más de lo mismo que habían estado viendo desde sus asientos durante casi media hora: la carretera congestionada, el *downtown* de Miami con la clínica de mujeres un poco más adelante.

Ella regresó el torso al interior del auto, dejándose caer en el asiento. Cuando vio su camisa manchada, dijo:

—*¡Aaaawww, man!*

Era algo que ella hacía que al hombre le divertía mucho: imitar a sus estudiantes adolescentes cuando algo la incomodaba, como para decirle al mundo que no era nada, solo algo sobre lo cual bromear. El hombre sonrió a su pesar.

—¿Emmy? —dijo él entonces.

—¿La oyes ahora? ¿La sirena? ¡Mira, sí eran los bomberos, bendito sea Dios! —dijo ella, mirando por el espejo retrovisor de su puerta.

—¿Podemos hablar?

—¡Vamos a contar carros! Para que el tiempo pase más rápido en lo que despejan la carretera.

—¿Tú quieres jugar ahora? —dijo él.

Ella suspiró.

—No quiero jugar, Ed. Quiero no enfermarme aquí y vomitarte el auto, ¿de acuerdo? Pero debí haberlo sabido.

—¿Sabido qué?

—Que ibas a hacer esto.

—¿Qué estoy haciendo?

—Sabes exactamente lo que estás haciendo —dijo ella, volteando el rostro hacia el cristal de la puerta del pasajero.

—No lo sé. Dime.

Ella negó con la cabeza.

—Dime —insistió él.

—Llevas dos semanas diciendo que sabes que es mi cuerpo y que respetas eso. Pero es de la boca pa' fuera. No es cierto y no entiendo por qué te molestas en decir cosas en las que no crees.

Él la miró por un segundo antes de abrir la guantera, sacando todo lo que había en ella y colocándolo en el pequeño compartimento que separaba sus asientos.

—¿Y entonces? —preguntó ella.

—Tal vez este tráfico sea una señal —dijo él, haciendo inventario mental de lo que había retirado de la guantera:

dos recibos de estacionamiento pagados, ambos de la mujer…

—No es una señal, Ed.

—¿Cómo puedes estar tan segura?

—Edgar, te juro por Dios que si sigues… —dijo ella con los labios pálidos, temblando como gelatina, y los ojos fijos en él.

… el registro y el manual del Civic, un folleto de abogado ofreciendo alivio a las deudas…

—¿Cuál es el gran impedimento? Tenemos trabajos. Tenemos una casa —dijo él.

—¡Que alquilamos! ¿Y de qué trabajos hablas? ¿De nuestros trabajos de maestros ganando salarios de risa?

… un frasco de esmalte de uñas azul noche llamado *Plenty of Fish in the Sea*…

—Podríamos comprar en un par de años —dijo él.

… un protector solar en barra, trece monedas que sumaban sesenta y siete centavos, un tubo de Blistex.

—Este es el problema, Edgar. No escuchas. Estás en el mundo de lo que sea que estés haciendo y dices que escuchas, pero no lo haces.

—¡Pero si eso es todo lo que hago: escuchar! Sé lo que has dicho. Necesitas tiempo. Ya. Te escuché. Pero ¿tiempo para qué? Dime. ¿Tiempo para qué?

La mujer desconectó su celular del cargador. Abrió la puerta y salió con su bolso en la mano, cerrando de un golpe.

—¿Qué haces? —le gritó él, guardando rápidamente todo lo que había sacado de la guantera—. Emmy, esto es estúpido. Vuelve al carro.

—¡No!

—¡Entra en el carro, maldita sea!

Como ella no respondió, él se deslizó hacia el asiento del pasajero. En el espejo retrovisor: Emmy recostada contra el carro, encendiendo un cigarrillo.

Otras personas tuvieron la misma idea y salieron de sus autos a estirar las piernas o a fumar. Un tipo se sentó encima de su capote con el brazo alrededor de los hombros de su novio, ambos mirando el tráfico como si fuera una puesta de sol.

El hombre resopló, mirándolos con la incomodidad que siempre le provocaban las muestras de afecto en público, hasta que el humo del cigarrillo de la mujer lo alcanzó dentro del carro.

—¿Qué tal? ¿Cómo está? —le decía la mujer ahora a alguien que también había salido de su auto.

—¿Em? ¿Estás escuchando? —le gritó él.

—Perfectamente.

—Oye, no quiero enojarte más de lo que ya estás, pero creo que… pase lo que pase, no deberías fumar. No es bueno ni para ti… ni para nadie más.

El hombre vio a la mujer bajar la cabeza y quedarse así, el cigarrillo encendido aún entre sus dedos.

—¿Estás bien, Em? —dijo él—. Mira, yo tampoco sé por qué digo las cosas que digo, ¿de acuerdo? Lo siento. Es solo que creo que tal vez esto tiene que ver con nosotros. Pero sabes qué, olvidémoslo. Vamos. Vayamos a la clínica. Estaré bien esta vez. Lo prometo.

La mujer no se movió.

—Por favor, entra al carro —dijo él.

Pero ella se quedó allí afuera, con la cabeza baja todo el tiempo, el cigarrillo quemándose hasta volverse nada en su mano.

Pronto, el atasco comenzó a aliviarse y la gente a volver a sus carros.

—Solo quiero entender. Eso es todo —dijo él en cuanto la mujer estuvo sentada a su lado de nuevo.

—No hay nada que entender, Ed. Ese es el punto. No estoy lista. No estamos listos.

—Podemos casarnos si eso es lo que te preocupa —dijo él.

La mujer se viró hacia él.

—¿Por qué no puedo simplemente no sentirme lista?

—¡Porque no es normal!

—*¿Es-quius-mi?*

El hombre sonrió a su pesar.

—Quise decir que no es normal estar completamente en contra de algo y no tener una razón.

—La razón es que estoy agotada. ¿No lo estás tú? ¿No estás agotado de convencer y manipular, de insistir y discutir? ¿De hacer todas tus "últimas" preguntas y "solo" querer entenderlo todo? Lo haces hasta que estoy molida y cedo, pero no puedo dejar que lo hagas esta vez.

El hombre pasó la mano por su cabello y lo sintió más fino. Se sintió viejo, aunque solo tenía un par de años más que ella.

—Así que se trata de mí. De que soy un idiota. Pues, de acuerdo. ¿Por qué no dijiste eso desde el principio? —preguntó él.

—Porque no hubiera importado lo que yo dijera.

El hombre empezó a negar con la cabeza.

—Sabes que es verdad, incluso ahora. No importa lo que yo diga. No estás escuchando.

Afuera los autos empezaban a moverse lentamente, buscando su lugar en las filas contenidas por carriles; una brisa iniciando viaje desde el río Miami, a través de la autopista, hacia el noroeste de la ciudad.

—Pensé que estábamos bien —dijo él.

—Y lo estamos... gran parte del tiempo —dijo la mujer—. Tú sabes que esto tampoco es fácil para mí, ¿verdad?

—Lo sé. Claro que lo sé. Lo siento —dijo él. Y cuando la miró, le pareció que ella también estaba más vieja de pronto. Antigua de alguna manera. Inamovible. Lejana, a pesar de estar sentada a pulgadas de él.

—Mira, ¡ya se está despejando! —dijo ella.

El hombre miró los carros alineándose a su alrededor, pero no encendió el suyo.

—¿Estamos separándonos, Em? ¿Es por eso que no quieres? —preguntó.

—No. No. Por supuesto que no —dijo ella, ofreciéndole una sonrisa radiante—. Mira, hagamos lo que dijiste. Lleguemos a la clínica, salgamos de esto, ¿de acuerdo? Luego podremos pensar. ¿Está bien? ¿Podemos hacer eso?

—¿Y después?

—Estará bien, tal como dijiste.

—¿Y podremos planear una familia cuando ambos estemos listos?

—Si eso es lo que queremos en ese momento, claro —dijo ella.

—Okey. Okey, está bien —dijo él.

—Okey, entonces —dijo ella, con su sonrisa aún más radiante, mientras el hombre encendía el carro y avanzaban unos espacios, esperando su turno para unirse al carril en movimiento.

—Voy a llamar a la clínica para decirles que estamos en camino, ¿okey? —dijo ella, comenzando a marcar.

El hombre asintió.

—Saldremos de esto. Solo necesitábamos hablar —dijo él mientras ella hablaba con la clínica de mujeres.

—Listo —dijo la mujer después de colgar. Luego se recostó y giró su rostro hacia el este de la ciudad, donde la neblina le había parecido una promesa dorada minutos antes.

—Parecía una pequeña montaña. Como una pendiente o un pico —dijo el hombre.

—¿Qué? —preguntó ella.

—Quiero decir, no ahora, pero antes, cuando preguntaste. Las nubes parecían de otra ciudad, una con pequeñas colinas encendidas o algo así.

La mujer permaneció en silencio. No quería entristecerlo de nuevo. No quería decirle lo que veía ahora: humo de escape subiendo como ponis envueltos en niebla, galopando hacia una llanura abierta, dejándolo todo atrás, el elevado de la autopista difuminándose contra un cielo tan gris como ellos.

LA BUENA FORTUNA DE DOÑA MINERVA

¿Quién no se desespera con el atardecer?
El amanecer es mucho más fácil que el crepúsculo.

—Andrei Codrescu,
del poema "Moving on we all must"

Si había algo que doña Minerva siempre había creído, era que una se labraba su propia buena fortuna. Fue algo que escuchó a menudo de niña y nada le había dado motivos para dudarlo cuando, recién casada y secretamente embarazada, decidieron usar el vale de veterano de Elí para comprar una casa más cerca de su nuevo trabajo como ingeniero mecánico en el pueblo de Carolina.

La casa estaba en una nueva subdivisión llamada Alturas Máximas de Villa Carolina, a más de una hora de distancia del hogar de soltera de doña Minerva, y ella lo había sabido desde el primer día: que ahora sí había metido la pata. Que eso de que una se labra su propia buena fortuna solo era cierto a veces. Que otras veces los lugares y las personas podían cambiarlo todo. Incluso podían cambiarte a ti.

Fue allí, sentada junto a Elí sobre la capota del viejo Pontiac rojo violeta, esperando un camión de mudanzas irremediablemente perdido, que la joven Minerva decidió reemplazar su creencia en la buena fortuna con un nuevo lema: "No hay nada más aterrador que el crepúsculo en una urbanización". Ella lo supo aquel día, lo había confirmado infinidad de veces desde entonces y nadie la iba a hacer cambiar de opinión a estas alturas.

Toda esa uniformidad suburbana. Todo y todos hipnotizados para ser de cierta manera, como si se tratara de un culto a la conformidad. Y lo que a doña Minerva le parecía sencillamente mezquino: el modo en que el crepúsculo se convertía en oscuridad sobre aquellas casas justo en el momento en que toda aquella homogeneidad podía haber comenzado a resultar reconfortante en vez de asfixiante.

Claro que sí, quiso mudarse. Por años se rebeló contra todo: la clase media que ella consideraba un mito; las subdivisiones; el crepúsculo; la rutina y su primo idiota, el tedio. Pero nadie escuchó, o tal vez solo fue Elí el que no lo hizo, y ahora, para colmo, después de tantos años, su enfermedad había regresado para quitarle hasta el deseo de discutir.

Maldita enfermedad. Ahora era más fuerte, como una versión más joven de sí misma a pesar de la cirugía, de las aburridas sesiones de veneno y de los intrincados rompecabezas que el doctor Cubiñás llamaba su "combinación personalizada de medicamentos".

Doña Minerva sabía reconocer una mala jugada cuando la tenía enfrente. Esta enfermedad era la peor de todas y, por ella, doña Minerva culpaba al crepúsculo.

~

Era cierto que fue una rebelde. Se escapó con Elí un año antes de graduarse de la IUPI. Usó su minifalda naranja para ir al centro comercial a protestar contra Vietnam, a gritar consignas junto a mujeres casadas, con muchos más años que ella. Adoptó el hábito de fumar en el instante en que dejaron Esperanza, su viejo barrio en Arecibo.

Dos cajetillas a la semana durante treinta y cuatro años. Elí estaba convencido de que ella respetaba el trato que habían hecho: uno al día, como máximo.

La realidad era que todos los días, al primer indicio de la puesta del sol, doña Minerva salía al portal con un solo cigarrillo equilibrado entre el dedo del medio y el índice de su mano derecha; su mano izquierda envuelta alrededor del origami de papel de aluminio que contenía a los demás.

En su bolsillo dos pastillas para el aliento, un encendedor de colores neón comprado en la farmacia Moscoso que le quedaba cerca y una bolsa Ziploc para atrapar cenizas y colillas y esconderlas rápidamente si a Elí le daba por llegar temprano a casa.

En ese entonces, doña Minerva pensaba que caminaba y fumaba para relajarse de la incomodidad de no pertenecer a aquel lugar, para calmar su inquietud. Que canalizaba su deseo de contribuir al mundo con algo más que ser esposa y madre caminando sobre el césped del patio delantero, inhalando el humo dulzón y permitiendo que cada cigarrillo sc fundiera en uno solo en su cabeza, mientras el sol se tomaba su tiempo para dar por terminado el día, la vida a su alrededor convertida en una quieta tormenta de negros polvos nocturnos.

~

Elí no veía cuál era el gran problema de su mujer. Él se había adaptado rápidamente a la vida suburbana y Minerva se preguntaba si realmente no notaba lo que era tan obvio para ella: que la gente de Alturas Máximas de Villa Carolina simplemente no estaba acostumbrada a ver tanto color en la piel de la gente que vivía tan cerca de su puerta.

Y no es que fueran abiertamente desagradables con ellos, pero doña Minerva lo sentía. A veces en las esposas, cuando paseaban a sus perros alrededor de la manzana una última vez antes de la cena, devolviendo el saludo y las sonrisas de la nueva vecina con expresiones extrañas en sus rostros, entre sorprendidas y defensivas, entre precaución y advertencia.

Los esposos se esforzaban visiblemente para ocultar lo que pensaban de ella.

Al principio, doña Minerva pensó que era su hábito de fumar lo que censuraban, pero todos ellos fumaban. Los esposos y las esposas, incluso sus hijos adolescentes. Pasado un tiempo, ella se acostumbró a soplar el humo en dirección a ellos.

En esos días se burlaba bastante de todo, creyendo que fumar era su derecho, su rebelión contra el conformismo y la mediocridad. Pero ahora sabía la verdad: que fumó todos esos años para sobrevivir un día más a la muerte de la luz; para no extrañar, en medio de aquel silencio, la voz de su mamá o la de sus hermanas Norma y Martina, cantando y riendo, cantando y llorando a veces. Fumaba para poder entrar con las manos vacías al final de un día más sin triunfos en los bolsillos. Sin luchas, ni ganadas ni perdidas, para recordarle la razón por la que vivía.

Elí nunca veía las cosas de esa manera porque había nacido para la rutina y la estructura. Su inclinación por el orden y los sistemas era tal que doña Minerva no necesitaba verlo para saber exactamente lo que estaba haciendo en cualquier momento. Justo ese día, ella sabía que él estaba afuera, fingiendo podar matas cuyo tamaño no posaba amenaza alguna, todo para evitar estar molesto con la decisión de ella de no continuar una lucha inútil, de no dar otro paso con las manos atadas solo para ser golpeada por su propio cuerpo traicionero, humillada una y otra vez por su propia esperanza y enviada al final de la cola para empezar de nuevo.

"Suficiente, Elías Rafael, por el amor de Dios", le había espetado frente al doctor Cubiñás esa mañana, interrumpiendo la pragmática discusión sobre "opciones" antes de excusarse para irse al carro a esperar.

Después de eso, Elí se trancó. Todo el camino a casa e incluso más tarde, cuando Minerva trató de hacerlo hablar sobre reparaciones hogareñas, su tema favorito, él respondió murmurando evasivas. Ya en la casa, se comió la mitad de su sándwich y nada de la ensalada y le dijo "Estaré afuera" antes de besarla en la frente y salir al patio con la yorkie rescatada de ambos siguiéndolo de cerca.

"¡Salte del medio, Annie! ¡Dalc! ¡Vc a jugar con tu juguete!", la regañó Elí, recogiendo y lanzando lejos el muñeco de felpa color canela que, como Annie, no era más que un trozo de trapo, despeinado y peludo.

Ahora esa era la rutina después de cualquier diligencia, ya fuera el oncólogo, el contador, el abogado testamentario… Elí cortaba el césped o podaba las ramas bajas del árbol del patio trasero y Minerva lavaba los platos distraídamente: el de él y el suyo, los dos tenedores, las dos tazas, molesta porque él era tan incapaz de cambiar que cada vez que había que tomar una decisión difícil, le tocaba a ella. Bueno, pues esta estaba tomada. Minerva lo decidió después de que la última sesión de veneno la hiciera querer matar a la enfermera o morirse en el acto, cualquiera de las dos.

Ese mismo día se dijo que aquella casa tendría que ser suficiente para su propósito, aunque nunca la había amado porque era, como todas las demás casas en aquel maldito lugar, incapaz de tener personalidad propia. Una casa cuadrada de los años setenta con tres pequeñas habitaciones, azulejos de color durazno en los baños y una sala de estar tan estrecha que sus hijas se referían a ella como "el pasillo" cuando los visitaban.

Bueno, pues esa misma casa era la que ahora tendría que servir, pensó, mirando hacia el patio y buscando a Elí con la vista mientras secaba los platos y los guardaba. Tomó nota mental de vaciar el garaje antes de irse, de colocar los contenedores llenos de alimentos imperecederos, productos de limpieza, frisas y álbumes de fotos en algún lugar del patio donde su marido no pudiera evitar verlos. Era lo menos que podía hacer si iba a llevarse la casa con ella. Si iba a dejar a Elí y a Annie sin nada.

Cocina ordenada una vez más, doña Minerva está a punto de alejarse del fregadero cuando escucha el zumbido de la máquina de podar de Elí, y a Annie aullando como poseída por actriz de película de terror barata. Y ahí está él. Lo ve limpiarse el sudor de la frente con el lado oscuro de su antebrazo, rascándose la nariz con un dedo cubierto por el guante de jardinería, exactamente como ella lo habría imaginado. Doña Minerva deja de ser doña por un momento, sorprendida de sentir cada gesto de Elí en su propia piel, tan intensamente que los vellos de su antebrazo se erizan de deseos de acercársele, de tocarlo una vez más. Doña Minerva nunca esperó sentir tanta desesperación y tanta ambivalencia a la hora de irse, cuando quedarse más tiempo ya no era una opción.

Aturdida, ve una nube de niebla elevarse por entre las hojas verdes del césped y posarse sobre su grama como una bandera hecha de tanto amor, de tantos años vividos con Elí. La niebla convierte el cristal de impacto de la ventana de la cocina en ruido de televisión antigua, en puntitos blancos y negros como los que Minerva recuerda de cuando era niña y la programación terminaba a cierta hora y había que dormir, se tuviera sueño o no.

Mirando su jardín a través de esa niebla/nieve, puede imaginar cómo será todo una vez que los mil doscientos pies cuadrados de su hogar se conviertan en un elevador invertido con ella dentro. Es lo que ha planificado, pero en ese momento ruega al cielo que esta niebla no signifique que ha llegado el momento. Ella que había confiado en estar dormida cuando todo ocurriera, en dejar de estar enojada el tiempo suficiente para rezar por estar haciendo lo correcto yéndose temprano, antes de que el cáncer lo empeorara todo.

De pronto, un estruendo. ¿Lo escuchó de verdad?, se pregunta. ¡Ahí! El que escucha ahora es aún más fuerte.

Ay, Dios, piensa doña Minerva. Ya no hay duda. Ella sabe que queda poco tiempo y le entran tantas ganas jóvenes de abrazar a Elí que casi casi corre hacia la puerta y le pide que se apresure. Que venga con ella. Casi, pero no. No, porque sabe que si se lo pide, él vendrá, y ella no tiene derecho a hacerle eso.

En cambio se aferra a la meseta de la cocina. Balanceándose y sudando un poco, imagina que su mundo termina y que esta casa, que ha odiado por tanto tiempo, que ahora da tumbos mientras se desvincula de la tierra, es un búnker que descenderá sin hacer sonido prácticamente para llevarla a ese otro reino o a la China o —y esto tiene mucho más sentido para doña Minerva en ese momento— al centro de la Tierra. Lo imagina tan vívidamente que está segura de que la casa ha descendido unos centímetros de un lado, que la mesa de café que puede ver desde la cocina está ahora claramente inclinada. *Entonces es verdad*, piensa, y en ese segundo de pánico decide no irse sola.

"¡Anniiiiiie! Ven, Annie. Vamos", llama y espera a que Annie venga corriendo a través de la trampilla desde donde sea que está, seguramente recostada sobre sus propios corvejones, observando las tijeras de Elí desde una distancia segura. Las afiladas hojas de hierba recién cortada cosquilleando sus orejitas, molestándola.

Elí sigue podando arbustos con su auricular puesto solo en la oreja que aún escucha, y doña Minerva aparta la mirada de la ventana para no gritarle que deje todo y venga a sacarla de esta casa que se está hundiendo. ¿Qué propósito tendría quedarse ahora, con tanto bien, tantos años de felicidad tras ellos?

El gruñido de la pequeña casa se vuelve más fuerte. Los parterres que enmarcaban el frente han sido destrozados y ella vuelve a gritar al verlos: "¡Carajo, Annie!".

Enseguida escucha el emocionado clic-clac de unas patitas de perra, y cuando por fin entra por la puertecita para mascotas, toda confianza y adoración, Minerva estira el brazo para ponerle el seguro a la puerta trasera. Y justo ahí, sin que pase un segundo, la esquina suroeste de la casa, en la que está parada, se desengancha con un golpe hacia abajo. La ventana de la cocina de repente queda presionada contra la tierra húmeda y una hoja verde brillante de su frágil mata de abrecaminos se ve atrapada contra el vidrio.

Lentamente bajan doña Minerva y Annie, salvándose a sí mismas, dejando a Elí para que bregue con todo, para explicar lo que les pasó y por qué no las detuvo. Conociéndolo, Minerva sabe que no intentará argumentar que estaba escuchando música y que no se dio cuenta de que se habían ido hasta que vio el enorme agujero donde solía estar la casa de la urbanización de Alturas Máximas de Villa Carolina.

También sabe que no le dirá a nadie que no pudo despedirse porque estaba demasiado molesto, y que eligió quedarse afuera en protesta porque ella no quería escuchar razones ni seguir intentando vivir, aunque solo fuera para él. Que sentirá que tiene derecho a preguntar "¿y para quién más, sino para él?". Pero que cinco minutos más tarde le regresará la duda y pensará que tal vez la realidad es que no tenía derecho a pedirle eso. Ella sabe que su marido irá de un pensamiento a otro, porque la enfermedad lo ha destruido más a él que a ella, y ya no sabe qué creer. La verdad es que él ya no sabe nada.

Ahora alcanza la mesita de desayunar y se sienta, tratando de acomodarse para el descenso, para pensar, a pesar de Annie, que ladra y gime muy fuerte, desconcertada por el estruendo. Doña Minerva supone que la perrita se calmará después de un rato. Elí también se calmará, está segura, al menos lo suficiente para servir de consuelo a sus hijas, Alexandra y Mara, en tantos aspectos todavía niñas-mujeres, a pesar de tener ya veintisiete y veintinueve años.

Da igual. Doña Minerva sabe que él se encargará, que las convencerá de que todo lo que hacen es lo que Minerva hubiera querido. Les hará creer que ella se fue al cielo y se asegurará de que sepan que está muy orgullosa de ellas dondequiera que esté.

Los amigos también vendrán a hacerse las víctimas, los protagonistas del dolor de Elí. Pero pasado el tiempo lo dejarán solo para que se "ocupe de las cosas". Y Elí les asegurará, mintiendo, que lo hará después de que pase todo, que primero se ocupará de sí mismo. Claro que sí. ¿Cómo que no?

En realidad, Elí se apresurará a construir algo ingenioso para explicar el agujero. Doña Minerva se lo puede imaginar: durante el día siempre el anfitrión gentil, hablando con los turistas que vendrán a mirar y a hacer preguntas, que se detendrán en su camino a algún lugar de Puerto Rico —el Yunque, Vieques o Palmas— para ver el agujero, preguntándose si ese señor tan amable no habrá hecho lo que el hombre de la famosa película argentina que vieron una vez. El que jala una palanca en el costado de la cama y envía a su esposa por un precipicio para deshacerse de una mujer que ya no sabe volar.

"Buen tipo ese Elí", dirán los turistas ya de vuelta en sus autos. "Pero ¿cómo saberlo con certeza? Hay hombres que parecen una cosa y son otra". Después del primer mes, los turistas también dejarán de venir.

El estruendo es tan fuerte ahora que Minerva piensa en la China para distraerse. La quiso visitar durante años, pero siempre estaba demasiado lejos, demasiado fuera de su alcance.

La cocina se ha vuelto azulada y doña Minerva se pregunta si habrá vuelto a caer el crepúsculo en los suburbios. Piensa en Elí, de luto, solo en su patio, abrazando el arbusto que estaba podando cuando ella y Annie se llevaron la casa. Casi puede ver en su mente cómo duda un minuto antes de asumir su postura de orinar, quedándose parado después de terminar para llorar hasta cansarse.

Los arbustos no serán lo suficientemente densos para ocultarlo ahora que la casa ya no está, pero en ese momento no le importará. De noche, recordará qué le dijo a su mujer después de que la diagnosticaran por primera vez, que a ella le importaba demasiado lo que la gente pensaba y que ese era su verdadero problema. Recordará eso y sacudirá la cabeza, tan molesto consigo mismo por haber dicho tal barrabasada (su palabra) que se pondrá a desyerbar a esa hora, olvidando lo bueno que fue como esposo y toda la felicidad que dio.

Más tarde, recordará que es inútil llorar y decidirá que lo mejor es mantenerse ocupado. Se pondrá a enterrar cosas: las campanas de viento de vidrio y, tal vez, la cesta de colchas Kantha que doña Minerva siempre olvidaba en la terraza trasera después de una tarde de lectura.

Ella lo imagina lanzando también en el hoyo los juguetes de peluche de Annie, todos ciegos, y sus ya pálidos y sosos huesos de cuero crudo.

Aún descendiendo, doña Minerva mira los ojos asustados de Annie y siente un calambre en el pecho. Elí quería mucho a aquella perrita y a ella le duele habérsela llevado cuando él más la necesitaba. Pero no. Elí entenderá sus razones porque fue soldado y conoció la muerte y lo que se ansía. Y es esto: piel cálida contra tu mano. Ojos que no tienen idea de lo que viene para que no te puedan reflejar lo que no quieres saber. Y amor. Amor instintivo, firme e incondicional, irracional, abrumador, impráctico. Eso es lo que necesitas cuando estás mirando un agujero, cualquier agujero, y lo sabes, y todo lo que quieres, lo que suplicas, es no saberlo.

Su esposo pensará todo eso porque una vez peleó con la muerte en una guerra que no era suya y porque conoce a doña Minerva mejor de lo que ella se conoce a sí misma.

—Díselo —le había dicho él una de esas tardes.

—¿Qué? —Minerva había preguntado, molesta por los ruidos de masticar de la recepcionista que almorzaba en su escritorio.

Eso había sido al principio, cuando ella todavía tenía fuerzas y quería luchar, en la sala de espera del oncólogo al que habían ido buscando una segunda opinión.

—Lo sé. Siempre lo he sabido —dijo Elí entonces, con una sonrisa triste.

—Mejor comienzas pronto a hablar claro, hombre loco. Mira que hace calor, estoy menopáusica y no tengo ánimo para acertijos —le había dicho ella, medio en broma, medio en serio, sin agregar "y sé que tengo cáncer otra vez".

—Digo que, cuando el médico te pregunte, le digas cuántos cigarrillos realmente fumaste y por cuánto tiempo. Yo sé que fumabas mucho más de uno. Siempre lo supe, y tal vez esto, si es cáncer, es en parte culpa mía por ser tu cómplice.

Doña Minerva solo había sabido mirarlo sin responder, su boca y su garganta secas de pronto. Pero Elí siguió mirando el televisor, como si alguien le fuera a creer que estaba absorto con *Cara o cruz*, la telenovela que se transmitía en aquella sala de espera vacía, excepto por ellos dos, y que alguien había tenido el desatino de pintar del color rosa viejo del salmón dañado.

Sí, Minerva piensa ahora. Él entenderá, incluso estará feliz de que ella se haya llevado la casa y también a Annie para acompañarla en este trecho final. Quizás hasta se consuele recordando que fue decisión de esa terca mujer suya irse a la China en ese ascensor invertido antes de no tener otra opción que hacerlo. Lo pensará y, a su modo, intentará vivir con eso.

Lo hará de muchas pequeñas maneras, como, por ejemplo, suscribiéndose a los periódicos locales por primera vez en su vida. Leyéndolos, aunque solo sea para obtener detalles de las tragedias más inimaginables. Para leer cada historia de crimen, guerra, pandemia y desastre y sentirse agradecido, tan agradecido, porque al menos doña Minerva está "en un lugar mejor", "en paz", "con el Señor", "ya libre de dolor", donde sea que esté.

Sentado en el balcón de la Casita Massó, que construirá al lado de donde solía estar la que ella se llevó, Elí dejará que su café se enfríe mientras pasa las páginas de *El Nuevo Día*, de *Primera Hora* y hasta de *El Vocero*. Don

Elí, como lo llamarán ahora que no está doña Minerva, comenzará todos los días que le quedan buscando una nueva historia de horror imposible de imaginar sin la ayuda de fotos crudas y titulares amarillistas. ¿Y cuando la encuentre? Ah, ahí agradecerá a los cielos con reverencia, sintiéndose casi feliz porque al menos su Minerva tiene la suerte de haberse ido, de no estar ya entre nosotros, atrapada en este horrible archipiélago en el que habría tenido que vivir cosas tremendas: los apagones de Luma; el covid y los temblores; los líos del gobernador, sea este o el que estuvo antes o la que estará después.

"Alabado sea el Señor", repetirá una y otra vez don Elí, que jamás fue religioso y mucho menos católico, feliz porque al final su esposa se había ido en sus propios términos, a su manera, como decía la canción. Claro que, cuando piense eso, le parecerá escucharla preguntándole: "¿Y de verdad tú crees que esta era mi manera, mijo?".

Entonces él sacudirá la cabeza para borrar la pregunta imaginada e insistirá en voz alta en que lo importante es que ella no está allí, teniendo que enterarse de todo lo malo que pasa. ¡Miren que esa mujer suya siempre fue afortunada! Como su nombre: Minerva, mujer poseedora de buena fortuna. De buena fortuna en verdad.

ANTES DE LEER LA HISTORIA QUE SIGUE...

Querido/a/e lector/a/e:

Normalmente, no te advertiría. Después de todo, estás leyendo un libro de cuentos feministas. Entiendes cómo puede ser el mundo, cómo las mujeres y las niñas luchan por sobrevivir en él. A pesar de él. Pero la siguiente historia profundiza en temas inspirados en crímenes sexuales reales contra menores y, como sé que incluso el titular más breve —a veces solo escuchado de pasada— puede herir cuando no estamos preparados para escucharlo, te advierto y te pido cautela con partes de la historia que podrían ser angustiosas o desencadenantes (triggering).

Por favor, comprende que intenté, durante años, no escribir esta historia. Que durante todo ese tiempo, la historia insistió, lloró dentro de mí, suplicó ser contada.

Pero quiero decirte que desde que la escribí para compartirla contigo, es como si finalmente hubiera podido besarla suavemente en la frente y sentir que descansa en paz. Y que estoy aquí contigo mientras lees.

Anja

EL COLOR DEL FRÍO: FORMAS DE MATAR EN MIAMI

No hay locura de los animales de este mundo
que no sea superada por la locura de los hombres.
—Herman Melville, *Moby Dick*

1

El letrero que da hacia la Flagler dice "Boarding House", pero es una clínica. Nos llaman "huéspedes", pero somos pacientes y tenemos que hacer lo que diga Curbelo. A mí me ha dicho que me presente, así que soy Annia. Machado. Veintisiete, casi. Abogada, casi. O sea, no ejerzo.

¿Perdón? ¿Que por qué ser abogada? *(Superoriginal tu preguntita).*

No, no, si tu pregunta está muy bien. No le hagas caso a esa que se esconde dentro de paréntesis para hablar por mí. Yo te entendí. Lo que preguntas es: ¿para qué hacerme abogada si no iba a ejercer? *(Que sí me haga caso. ¿No ves que trata de ser sarcástico con nosotras el pendejo este?).*

Pues es que es complicado. Un día lo dije en voz alta, más para mí que para los demás, y enseguida todo el mundo me lo celebró: mi abuela desde Puerto Rico, las amigas de mi mamá y hasta la propia mami —que siempre había dicho "mientras estudies algo"— se puso tan pero tan contenta de que estudiara leyes que, ¿qué le iba decir? ¿Que lo había dicho como quien se prueba un pantalón para ver si le sirve? *(Parece mentira. Como si no conocieras bien a "nuestra" mamá).*

Claro que, pasado el tiempo, ya sé la verdad: me hice abogada porque esa otra que vive dentro de mí llevaba la furia de la colonización por dentro. Porque su rabia antipatriarcal la tenía loquita por romper algo, lo que fuera, pero preferiblemente la ley. (*Cuidado, tonta, que esta loquita se rasca y se desquita).* Mientras, la yo que piensa antes de hablar vivía aterrorizada de que esa otra cumpliera su amenaza, rompiera la ley y nos metiera a las dos en problemas. *(Bitch, please!).*

Fíjate en los psicólogos. ¿No te llama la atención que tantos padezcan problemas de salud mental? *(¿Y estén más locos que una cabra?).* ¿Que haya maestros a los que no les guste estudiar ni aprender? *(¿Y policías que se orinan de ver a un negro que tiene más razones para tenerles miedo a ellos, que ellos a él?).*

Pues esta es una de esas contradicciones. Yo estudié leyes para romper la ley. O por lo menos la parte enferma de mí lo hizo por eso. *(¿Ves este dedo, pendeja?).*

¿Sabes que puedo verla clarita cuando cierro los ojos? A pesar de las pastillas y de los meses que han pasado, ahí está: con su bata blanca sin botones ni cremalleras, brincando como un mono, los ojos desorbitados, gritando que ahora sí. Que la deje, puñeta. Que me salga del medio si no quiero que me descojone. Me dice *puta* porque no le doy rienda suelta. No se conforma con que ahora las dos estemos encerradas aquí.

2

Hoy Curbelo me dijo que, si me porto bien mami vendrá a visitarme y traerá comida comible. Me "sugiere" que comience por contarte la historia que me trajo aquí. Dice que contarte me ayudará a "procesar".

Y bueno. Es una historia que no me interesa ni a mí, pero pienso en las patitas de cerdo que hace mi mamá y me resigno. *(Realmente, nos re-singamos a lo cubano, botella e' ron tabaco habano, aunque no somos cubanas sino puertorriqueñas, del mismo mamutcandungo donde Manuel Ramos Otero le rezó a Santa Pitusa de los Pederastas).*

Así que te cuento, pero te advierto que no te va a gustar. No te va a gustar porque es demasiado triste y no tengo cómo hacerlo menos triste. Además, aunque pudiera, no lo haría. Menos triste, quiero decir. Es más importante contártelo todo para que entiendas. *(Ya que te tienes que mamar el cuentecito).* Para que veas cómo pasó. Que tuve razones que no son excusas, ¿y qué si lo son? Y es que no hay cosa peor que comenzar a leer o a escuchar algo y que, cuando menos lo esperes, te salga un tipo que mata o viola, que para el caso es lo mismo. No sé si para los hombres, pero para una mujer… es lo mismo.

Por eso estoy aquí, casi rogándote que te prepares porque va a ser bien triste. O quizás soy yo la que está bien triste. En fin. No soy tu niñera para cuidarte tanto. Allá tú. Recuerda que te lo advertí, recuérdalo para que yo me pueda comer por fin el arroz con patitas de cerdo guisado hecho por mi mamá.

3

Salgamos rápido de esta parte: las mató a las tres. A ella y a las dos niñas.

Gema había llevado a las nenas al Westland Mall que está en Hialeah, a la altura de la Calle 103 y la bajada de la 826 Sur en dirección a Miami.

No tenía dinero para comprar, pero quería soñar, compartir con sus hijas el enorme alivio que sentía de que él se hubiera ido tras la garata de aquella madrugada. Una garata que él mismo había comenzado, despertándola para pelear, como si para ser feliz le hiciera más falta abofetearla que desayunar. Luego había recogido su ropa y se había ido en su auto hecho una furia.

Como era la primera vez que se llevaba sus cosas, Gema quiso creer que ya no regresaría y quiso creerlo tanto que comenzó a decírselo a sí misma en voz alta a las siete de la mañana y no eran las nueve cuando ya se lo había creído.

Porque así era Gema: capaz de convencerse de cualquier cosa, de creer en su corazón que lo que quería era la realidad.

Toma a las niñas, por ejemplo. Gema pensaba que eran demasiado pequeñas para entender (Julissa recién cumplía los siete y Manuela tenía los cuatro añitos risueños y alborotados de las hermanas menores), pero sabía que escuchaban y que sufrían, y como no tenía las palabras para explicarles, quería con aquella salida al centro comercial transmitirles (y transmitirse) de alguna forma aquello de lo cual se había convencido: que eran libres, que él nunca más iba a molestarlas, que ahora sí todo sería diferente.

Por eso cuando las vio brincar, riendo, tocándolo todo en cada tienda, locas de alegría, quiso creer que esa era la confirmación de que ellas entendían, que la comprendían y la perdonaban, aunque la realidad era que Julissa y Manuela eran solo niñas y no necesitaban entender ni perdonar nada porque la amaban. Gema era su madre y les parecía la más bella diosa. Vivían para sus abrazos, para su risa y sus biberones de leche tibia con azúcar. Y la vida para ellas era la magia de los cuentos que Gema se inventaba para convencerlas de cosas fantásticas antes de dormir.

Se probaban zapatos que no comprarían en una tienda llamada Aldo cuando se les materializó a pocos pasos de donde estaban sentadas, congelándoles la respiración y diciéndoles que si corrían o gritaban sería peor porque tenía un arma en el bolsillo de su abrigo deportivo de nailon azul marino. No era cierto, pero así fue como las secuestró aquel sábado en la tarde, sin que nadie se diera cuenta, en una tienda repleta de gente en el medio de un *mall.*

Así también obligó a Gema a entregarle las llaves de la casa y del carro y las condujo hasta la casa de la Calle 7 y la 70 Avenida del noroeste de la ciudad. Las nenas temblaban. Sabían la paliza que les esperaba a ellas y a su mamá.

Una vez adentro, encerró a las niñas en un cuarto y se trancó con Gema en el otro para golpearla hasta ver el rostro de su propia madre en el de ella. Luego la asfixió con una bolsa plástica y, después de muerta, la violó.

A través de la pared de cartón de casa pobre de Miami, Julissa y Manuela lo escucharon todo, pero no gritaron. Quizás se quedaron sin voz del terror. No lo sé.

Pasado un rato, abrió la puerta y mató a Julissa, asfixiándola con la misma bolsa plástica, violándola después de muerta frente a su hermana, de solo cuatro años, a la que también asfixió hasta la muerte. Luego abandonó el lugar en el carro de Gema.

Yo lo vi cuando se fue. Tenía diecisiete años y vivía en la acera de enfrente, tres casas más allá. Escuché el auto arrancar, vi que era él y me alejé de la ventana. No me gustaba el nuevo marido de Gema. Me recordaba a mi padre.

Cuando volví a asomarme a la ventana, la cuadra entera hacía vigilia desde la acera. Tensos, los vecinos hablaban entre sí con caras serias, mirando hacia la media docena de carros de policía mal estacionados de un extremo a otro de la calle en actitud de espera.

Luego, cuando leí lo que había ocurrido mientras yo miraba televisión como una estúpida, quise morirme y decidí que nunca más sería niña. Sería lo opuesto: abogada. Estudiaría y estudiaría y salvaría así a todas las niñas de esta ciudad llena de gente que tan a menudo resulta ser exactamente lo que parece.

~

Todavía pienso en ellas durante las noches oscuras del alma. Me convierto en Julissa e imagino que voy en un auto conducido por un demonio. Junto a mí van las dos personas que más amo, y yo demasiado pequeña para detener el dolor que presiento, sin imaginar que será mucho peor de lo que una simple niña indefensa en un mundo de fuerzas incomprensibles podrá sobrevivir.

Así he vivido, pensando en Gema y en sus hijas todos los días de mi vida desde entonces. Quizás porque era una madre con dos hijas, como mami, Adelaida y yo. O porque Julissa era tan inteligente, una "estofoncita", como decimos en Puerto Rico, con su cara de viejita y su cuerpo flaquito que inspiraba ternura. O porque vivían muy cerca y siempre sospeché que algo siniestro se vivía en aquella casa a la que por años le hizo falta pintura, el patio siempre descuidado y la grama perennemente sin cortar. O quizás porque sospeché, pero no hice nada. No dije nada. No pregunté nada. No ofrecí ayuda. En vez de eso, seguí de largo como si no importaran.

Así que ya sabes la historia. ¿Cómo te sientes ahora? *(Como la mierda, ¿verdad?).* Y no voy ni por la mitad. Imagínate cómo me siento yo. *(Y yo).*

4

Cinco años después de aquellos asesinatos, ingresé a la escuela de leyes obsesionada con la idea de abogar por víctimas de crímenes como aquel cuya trama se repetía en mis pesadillas.

Pero algo me pasó y me perdí. No sé cómo, pero me perdí. En algún lugar del camino me desenfoqué, quizás porque me enamoré de uno de mis profesores (error #1) y sostuve una relación con él sabiendo que era casado (error #2) hasta que su esposa descubrió nuestros textos y lo botó de la casa.

Así que nos fuimos a vivir juntos (error #3) y pronto quedé embarazada (error #4) y no me dio la gana de hacerme un aborto (error #5) y, para colmo, le dije que sí cuando me propuso matrimonio en *lay-away*, o sea, cuando se divorciara (error #6).

Seis semanas después perdí al bebé y me gradué de leyes, en ese orden y con pésimas notas (error #7) por haberme pasado el primer año persiguiendo lo que nunca fue mío (o sea, oliéndole el culo a un hombre casado) y el segundo año vomitando y luego llorando por lo que sí era mío y acababa de perder.

Gracias a las malas notas, a duras penas conseguí un trabajo de paralegal para sostenerme mientras estudiaba para el examen del Colegio de Abogados de la Florida, pero inmediatamente volví a quedar embarazada, ni tres meses después de perder al primero (error #8).

Esta vez, mi profesor-de-UM-en-proceso-de-divorcio me dijo que había decidido regresar con su esposa, por lo que me fui a un Airbnb hasta ver qué hacer con mi vida, que ya era un fracaso total sin siquiera haber cumplido los veinticinco.

5

Volví a perder al bebé. No, espera. No volví. Perdí a este bebé. El segundo, que no es segundo porque no hubo primero. No tenía un bebé antes y ahora tampoco lo tengo.

Estoy en el Jackson Memorial. El doctor me habla en voz alta, como si yo fuera sorda o tonta y no hablara un inglés mejor que el suyo. Casi le digo que lo que acabo de perder fue un bebé, no un oído, pero las palabras "perdí" y "bebé", seguidas una de la otra como argollas en el brazalete de un recién nacido como el que parece que no merezco tener, me dejan muda y algo bruta también, porque solo entiendo algunas de las cosas que dice.

"Todo luce bien, blah, blah, blah, raspe uterino todo un éxito, blah blah, con su juventud y buena salud podrá volver, blah". (*A ver, ¿qué clase de pendejo motherfucker le dice a una mujer que quería tener un bebé que el raspe fue un "éxito"?).*

Viene una enfermera a hacerme preguntas para darme de alta, pero la que tiene una pregunta para ella soy yo: ¿el sexo del bebé? Me lo dice e intenta continuar con sus preguntas, pero es como si me hubiesen desenchufado y ni me doy cuenta cuando se va. Por fin veo la realidad: no tengo nada. Ni a nadie. Ya no tengo bebé ni me voy a casar ni tengo con quién. Debería estar estudiando para volver a reprobar el bar, pero en vez de eso estoy aquí, en un hospital, sin poder concentrarme en nada. Solo pensando en que era niña y tampoco pude salvarla.

~

Mientras camino al auto, me llama Álvaro. Me dice que no debo conducir y se ofrece a recogerme y llevarme a donde sea que me esté quedando desde que volvió con su esposa. Quiere que lo libere de culpa. No lo dice así, pero es obvio, así que le digo que ya llegó el Uber que llamé y que tengo alineado un lugar maravilloso donde vivir cuando termine el mes en el Airbnb. Claro que todo es mentira. No hay Uber ni lugar maravilloso. No hay nada.

La fachada del Airbnb da la impresión de una casa normal, pero es una favela de cuatro apartamentos, cada uno de una sola habitación, todos mal divididos, empezando por el mío que es diminuto y el único que da a la calle. Cuando llego del hospital, entro por esa puerta de casa grande a un estudio que no es más que una cocina con un baño al que voy directo para botar grandes pelotas de sangre y tejido. No vuelvo a la clínica. No tengo seguro médico. Como me gradué, el de la universidad ya no me cubre. *(Ni que fuera una manta).*

Miro la sangre en el inodoro. Ha salido rosada, como desgastada. Luego se ha disuelto en el agua, desapareciendo como para que no tenga ni eso.

6

Por eso comencé a acosar cibernéticamente a Alexander Sánchez. Porque mi vida era una mierda y hacerlo me hacía sentir mejor y no costaba nada. Era cosa de entrar al sitio del secretario de Tribunales del Condado de Miami-Dade y buscar su nombre para ver si había tenido que ir a la enfermería tras alguna paliza. Si le habían incautado los cigarrillos de marihuana que guardaba en su celda o lo habían castigado con un par de días de confinamiento solitario. Pero más que nada para corroborar que seguía preso porque, en ese momento, confirmar que el asesino de Julissa y Manuela seguía clavado en una celda de seis por ocho pies era la vida misma y lo único que me daba esa paz que se parecía tanto a la felicidad, esa esperanza de que al fin habría justicia después de diez años, de que quizás ese día, o el siguiente, podría haber un veredicto que lo condenara a la pena de muerte o a cadena perpetua.

Pero en esta ocasión, en vez de ver *convicted* o *confined* veo *motion for conditional release granted*. No puede ser. Recorro toda la página con la vista. Ahí están todos los cargos: tres dicen *murder, first degree felony*; tres dicen *kidnapping, felony*, y dos dicen *hum body/dead/abuse, felony*. No puede ser, pero sí es: *release pending/hearing set*. Ay, no. Esto no. Me quedo dormida así, diciendo que no, y cuando despierto soy otra mujer. Una que no puede vivir en un mundo en el que ese hombre es libre y campea por su respeto.

Me falta el oxígeno para seguir diciendo que no, y como cuando llueve no escampa, ahora también tengo a la loca furiosa que vive dentro de mí diciendo que ahora sí tenía derecho a romper la ley, coño. A hacer lo que fuera. Que se lo debían. Que esto no era justo, 'dita sea la madre.

Al final hice lo que siempre hago ante ella: me rendí. No pude más. ¿Acaso tengo algo que perder? Si no tengo ni sangre.

Así que ya está. A partir de aquí, la libero de los paréntesis. Quedas en sus manos y te deseo suerte. *(Pues claro, puñeta. Eso era lo que tenías que hacer desde el principio, canto 'e pendeja).*

7

¿Cuántos abogados hacen falta para acabar con un asesino necrófilo, pedófilo y abusador?

Ninguno. Cualquier mujer encabronada es más que suficiente.

8

Ese cabrón, hijo de la gran puta. Ese *desgraciao*, libre, suelto como dengue de mosquito podrido por estas calles llenas de gente que huele a mierda de otro lugar. Mal rayo parta a la madre que lo parió y que no explotó como siquitraqui cuando ese demonio salió de entre sus piernas rompiendo to' lo que encontró. (Ya sé que en la madre patria decidieron que era *siquitraque* en vez de *siquitraqui*, pero los puertorriqueños nos pasamos lo que dice la madre patria por el culo).

No importa. Para eso ahora estoy yo aquí. En control. Porque es mi deber (y el de toda persona que no tenga nada por lo cual vivir) inmolarse. Salvar a otros. Matar demonios.

Leer el expediente del salvaje ese me provoca cortársela antes de matarlo. ¿Qué pene de qué? ¿Tú crees que a lo que viola a una niña se le puede decir "pene" como si hablaras de pasta italiana? ¡No me jodas! Qué pene ni qué coño. ¡La pinga! ¡El bicho! Eso es lo que entiende ese dedo gordo cundido en hongo, que para colmo es latino. Para que los demás tengamos que bajar la cabeza de vergüenza por él como lo hicimos tras el caso del angelito Jimmy Ryce, su asesino ardiendo ya en el infierno donde el mismo diablo se la debe estar metiendo a diario y no de manera divertida.

Por eso, tan pronto vi lo de *released* me hice cargo. Me fui a la oficina en el cuerpo de la pendeja que habito, aunque era sábado y solo había una señora que atendía a las plantas y dos o tres tontos haciéndose los *workaholics*. Desde allí, pude entrar a las bases de datos por subscripción por las que los socios del bufete pagaban más de lo que me pagaban a mí y confirmar que lo habían soltado condicionalmente por contaminación de evidencia. Claro, puñeta, si se toman diez años para llegar a juicio se contamina lo que sea. La evidencia y la madre de los cojones también.

Pero necesitaba más información: ¿dónde estaba viviendo el cabrón ese? ¿Quién era el mal parido que lo estaba acogiendo en su casa? Esa información no estaba allí, así que ese lunes amanecí en la corte y no me extiendo en esta parte del cuento porque es una mierda. Mentí, enseñé credenciales que no vienen al caso y me hice pasar por abogada en *good standing* con el Colegio de Abogados de la Florida. Llené solicitudes, esperé demasiado, subí y bajé escaleras para pagar dos pesos por aquí y cinco por allá a las diferentes cajeras para que al final me dijeran que había transcripciones de 477 vistas en el caso de Alexander

Sánchez, pero que solo cincuenta y ocho estaban disponibles para el público. Las 477 vistas eran el resultado de mociones sometidas a su favor por los más de cincuenta abogados que lo habían representado a lo largo de casi diez años. Quede claro que estos eran abogados públicos asignados por la corte a indigentes. ¿De dónde coños habían sacado tiempo para darle la mejor defensa, la más robusta, a ese gigantesco quiste de acné?

La mujer cuyo cuerpo ocupo trata de hacerlo todo bien. Quiere ser "respetable". Pero yo no. ¿Por qué tengo yo que ser la respetable en un mundo que permite que vivan y coman y respiren hombres como ese gusano malnacido?

Pagué por las copias de las cincuenta y ocho transcripciones y me las llevé al Airbnb para leerlas con calma. No tomé notas porque no me hacían falta. No estaba preparando un caso ni a favor ni en contra de nadie. Solo quería saber dónde encontrar a la carie enterrada aquella porque, claro, no tenía perfil en redes sociales.

Las niñas sí tenían. Los familiares habían abierto una cuenta de Facebook en honor a ellas y toparme con sus fotos en medio de mi búsqueda, ver sus caritas, casi hace que se me escape la boba con la que comparto cuerpo, pero no cerebro, y a la que no voy a dejar hablar hasta que yo haya hecho algo con esa plasta de mierda que ni nombre merece.

9

Busco hasta que encuentro una dirección. Realmente encuentro varias, algunas suyas y otras de familiares que prestaron declaración a su favor durante el transcurso del caso. Voy a todas hasta que lo veo frente a la casa de una tía suya, según confirmo atando cabos entre lo que encuentro en la página de búsqueda de propiedades del recaudador de impuestos del condado y lo que aparece en los muros de redes sociales de gente con su mismo apellido y código postal.

Vigilo la casa hasta que llega en un carro destartalado, un Dodge Plymouth, creo. Negro o gris y tan viejo que es imposible saberlo. Aun así, ¿qué hace un ratón inmundo conduciendo un carro? Vestía gafas oscuras, con tenis blancos en pies que tendrían gangrena si hubiese un Dios. Llevaba un abrigo negro de cuero como si fuera lindo el muy cabrón, y los amigos que llegaron con él se reían y decían: "Tú sabe cómo es esto, socio. Hay que meterle", entre otras sandeces.

Estaba igualito. Diez años cumplió sirviéndole de letrina a quién sabe quién y aún está como si nada, a punto de cumplir treinta y ocho añitos, y una no ser hombre para matarlo a golpes.

Paso días vigilándolo (en la mañana, en las noches, a la hora del almuerzo) sin dar con el plan para resolver mi problema. Uno de esos días, levanto la vista y veo al piojo parado en la acera mirando hacia mi carro. La boca se me seca de una, pero es una falsa alarma. Está hablando, mirando sin ver, y su vista de pupilas perdidas jamás se detiene en mí.

Así que continúo siguiéndolo, vigilándolo, observando sus hábitos. Qué bebe, qué fuma, qué amigos lo vienen a ver, a traerle paquetes de papel de bolsa, hablando alto como si fueran los dueños del *fockin* barrio, mientras que él nunca abre la boca. Lo miro todo buscando una pista, una debilidad, un punto ciego que me sugiera el por dónde. Llevo en esa pendejada diez días cuando creo dar con una posible estrategia.

El Plymouth color lepra no estaba, pero me había asegurado de tener puestas las cerraduras de todas las puertas, de tener la llave en la ignición y el carro en emergencia antes de acomodarme a esperar estacionada a unas casas de la de la tía del vaso de flema.

Es una casa de 1,114 pies cuadrados con dos cuartos y dos baños. (Esto también lo encuentro fácilmente porque en este país todo es récord público). Tiene un garaje que supongo habrán convertido ilegalmente en cuarto para meter al sobrino moco-con-sangre. En la casa vive la tía que tuvo los cojones de hacerse responsable de él ante la corte mientras dura la libertad condicional o hasta que el fiscal someta nueva evidencia. Es una de esas mujeres que con su ñe-ñe-ñé hace lo que le sale de donde no le entra el sol. Lo sé de verla. De esas que dicen: "Ay, nene, ya déjame quieta, haz lo que tú quieras, pero déjame en paz que tengo migraña". ¡Puta! (Y que me perdonen las putas buenas).

En la casa vive también el barril-de-cerveza-con-patas marido de la tía. No le alcanza el dinero para una camisa. Nunca lleva una puesta. Pero lo peor es que la tía tiene nietos y los cuida en esa misma casa. Un nene como de siete años y otro como de diez. Y son tan anormales que piensan que ese animal no les va a hacer nada porque son sangre. O porque son varones. No lo sé. Es gente que puedes echar al mar, la familia entera, y no se pierde nada.

Una pena que sean tantos. Dicen que Dios protege así a los insectos: haciendo muchos para protegerlos. (Una de las tantas razones por las que ya no creo en Dios).

Mi puesto de vigilancia queda al cruzar, pero no justo en frente, sino tres casas más allá. Es la misma distancia que había entre la casa en la que yo vivía con mami y Adelaida y la casa en la que vivían Julissa y Manuela. Un simbolismo. Intencionalidad.

Es el día once pensando en cómo matarlo. Nunca he matado a nadie y no sé cómo hacerlo. Pero no debe ser tan difícil si cualquier pendejo lo hace, y ese día, aburrida de vigilar, se me ocurre buscar en Google "formas de matar en Miami".

Las primeras opciones que me ofreció el buscador fueron todas muy clásicas, predecibles:

A. Con un arma.
No. Capaz me la quita y me mata después de asfixiarme y violarme, porque a esa porquería eso es lo que le gusta.

B. Atropellándolo.
Quizás ahora, cuando llegue. Podría hacerlo con este mismo viejo Saab blanco que fue de mami antes de que se mudara a Puerto Rico con Adelaida. Pero ¿y si sobrevive?

C. Mandándolo a matar.
No. He leído demasiado sobre exesposas que contrataron a extraños para matar a esposos hijos de puta, y luego ese mismo que contrataron fue el que las delató. ¿O ya se olvidaron de Lydia Vigoreaux?

D. Comprar un pitbull y acorralarlo en algún sitio para que lo mate.
No, porque no todos los pitbulls matan y, además, ¿cómo lo acorralo? ¿Magia?

E. Apuñalándolo o asfixiándolo.
Sería justicia poética asfixiarlo y después echárselo al pitbull. Pero tendría que acercármele demasiado y dormirlo de alguna forma, cosa que solamente ocurre en películas y telenovelas.

F. Con una bomba, nube de gas o incendio.
Sería maravilloso. Realmente hermoso. Pero no estoy loca y podría matar a gente inocente. (Bueno, sí estoy loca, pero no así).

G. Envenenándolo por ingestión, contacto o inyección.
Pues esta no me parece tan mala idea. O por lo menos no me viene ningún "no" de inmediato a la mente. Tiene que ser algo que actúe rápido, que yo pueda pasarle por el lado y que sea así como "adiós, cabrón". (Quizás sí estoy loca y no solo encabronada, porque esta última opción me parece hasta prometedora).

Buscando información sobre venenos, aprovecho y busco "pastillas de cianuro". No son para él. Son para mí. No quiero ir presa ni que me mate ese grandísimo desgraciado. Si la cosa llega a eso, quiero tener una salida rápida. Pero no existen. Son una fantasía de película de James Bond. ¿Dónde está una cabrona pastilla de cianuro cuando la necesitas? En ninguna parte, contesto en voz alta justo antes de que Google me muestre un artículo sobre peces tan feos que parecen virus y que, según dice, son mil doscientas veces más venenosos que el cianuro que yo buscaba.

H. Los peces globo *(Fugu, puffer fish)*.

- Causan la muerte al contacto.
- En el peor de los casos, la muerte tarda de diez a cuarenta y cinco minutos, pero no más.
- Si eres uno de esos peores casos, esos minutos de vida los pasas paralizado, sin poder mover ni una pestaña, pero consciente.
- Los hay de muchas especies y colores, pero el que me interesa, el que se da en las aguas frescas de la Florida, se llama Caribbean sharp-nose puffer (pez globo de nariz afilada) y es grisáceo, violáceo, de ojos rígidos como si tuviera mucho frío y supiera que en cualquier momento podrían explotarle las entrañas, esparciéndolo por dondequiera.
- Miden de cuatro a ocho pulgadas de largo, pero cuando se inflan ante un peligro pueden llegar a tener de uno a dos pies de circunferencia.
- Una docena de restaurantes en Miami lo sirven como una exquisitez, y un chef tiene que estar certificado para cocinarlo y servirlo de manera segura a aquellos que piensan que es un chiste pagar por una comida que podría matarlos.

Oye, *take it easy*. Dije que era un plan posible, no que era un buen plan.

Pero pregúntame si me importa. Especialmente en este momento, viendo al extracto concentrado de pus verde llegar en su Plymouth del mismo tono gris violáceo del pez más feo que he visto en mi vida, riéndose, el sol dándole en la cara, calentándole los huesos. Pregúntame si me importa.

Respuesta: ni un poquito. Al contrario. Que se joda. Que se muera. Y que le duela.

10

Esa noche, sueño que la foto del pez globo se infla hasta salir del navegador de mi iPhone y llenar el auto en el que vigilo. Que el agua en la que nada me empapa la blusa azul que traigo puesta, y que se infla tanto que casi me está besando con la boca abierta con la que se ríe de mí.

"¿De qué te ríes? ¿No sabes lo feo que eres?", le pregunto enojada de que me haya mojado la blusa.

Me dice que se ríe porque no voy a poder encontrarlo, que no hay lugares en Miami en los que pueda comprarlo legalmente.

Le contesto que no sabe nada, que es el asesino perfecto para otro asesino. Y entonces la que se ríe soy yo, mientras el pez globo se desinfla y vuelve a caber en el navegador.

Pez más pendejo, pienso (en el sueño). ¿Quién le dijo que me importa comprarlo legalmente? ¿Él no sabe que esto es Miami?

11

El mesero del cuarto restaurante al que voy se da un aire a Al Pacino cuando era joven. Tiene ojos de hambre de algo y boca de no saber de qué. Me sirve el vaso de agua con limón que le pido y ni titubea para aceptar los veinte dólares que le ofrezco para que me diga dónde compran realmente sus peces globo. Escribe una dirección en un papelito de tomar órdenes que me da mirando para todos lados, como si se tratara de una película de espías, *The Bourne Ultimatum* o alguna otra de esas tonterías inverosímiles que les gustan a algunos hombres. Me levanto de la silla y me doy cuenta de que sus ojos lucen más hambrientos después de ponerme el papelito en el bolsillo delantero derecho de mi mahón (que es como les decimos a los jeans en Puerto Rico).

Voy a darle las gracias cuando me invita a salir "por ahí un día", con los ojos brillosos de una súbita y extraña excitación. Entiendo entonces que su hambre, como la mía, es de romper reglas, de llevarse por enfrente alguna ley. Lo que veo en sus ojos ahora es lujuria de seguir rompiendo cosas, como por ejemplo a mí, aunque para él soy meramente incidental.

Me voy sin darle las gracias.

12

Ese sábado hace mucho sol, para variar. Conduzco orientada en parte por el GPS de Waze y en parte por las instrucciones del papelito de tomar órdenes de rabos de langosta rellenos, de tostones, de paellas marineras, de mojitos hechos con limones de Cayo Hueso y caldos de pescado levantamuerto para "machos" de verdad.

Calzo botas de lluvia hasta la rodilla, llevo guantes de jardinería comercial y gafas de lentes oscuros para que el sol no me ciegue y poder conducir. Conduzco hacia el sur por la US1. El verde ya a esta altura, pasado Homestead, está puntuado de entradas polvorientas a chozas, a casas móviles, a moteles. La carretera es una alfombra de brea gris que sigue y sigue y sigue hasta el final en el que viven los dioses.

Es un día de mierda. La gente dice eso a menudo, pero nunca te da las razones. Yo sí. Son estas:

1. Me levanté sangrando otra vez. No me toca la regla aún. No tengo dinero para ir a un médico y no tengo manta de seguro que me cubra.

2. La dueña del Airbnb me alcanzó antes de que pudiera subir a mi auto y me dijo que puedo quedarme una semana más, pero que quiere alquilarlo a más gente para hacer perfil. Necesita *reviews*.

3. A la pendeja que vive y viste conmigo le da por llamar a mami a Puerto Rico. Contesta Adelaida y esta boba se alegra tanto de oír esa voz chillona, ese acento puertorriqueño intenso, que empieza a llorar. Me toca a mí, la más bichota, desconectar la llamada.

4. Minutos después suena el celular. Seguras de que es mami, contestamos sin mirar. Resulta ser uno de los

abogados del bufete que no es mi jefe, pero que actúa como si lo fuera. Se llama Todd. (Es el nombre más estúpido que existe. ¿Por qué no Fott o Magg o Bipp?). Me saluda y luego me dice que me llama porque un colega me vio haciendo un escándalo en la división de récords de la corte. (Fue el día que buscaba las transcripciones del caso de Alexander Sánchez y sí hice escándalo).

—*Something I should know, Annie?*

En ese momento pienso que debería aprender por fin que mi nombre no es Annie, sino Annia, y que quizás sí habría muchas cosas que él debería saber, pero le respondo:

—*Not at all, and I was hardly making a scandal.*

—*Well, if you ever need to be scandalous, let me know first, okay?* —continua entre coqueto y autoritario, la combinación más nefasta para una negra colonizada como yo.

—*Sure. But I'm just not a scandalous person.*

—*But you understand what I'm saying.*

—*Absolutely.*

—*Great. Have a good weekend. Don't have too much fun.*

No sé tú, pero yo escuché la amenaza de despido bien clarita.

En la milla 107, Cayo Largo, me salgo de la carretera, estaciono donde dice el papelito que me dio el mesero y camino entre charcos de agua de lago sobre tierra de un amarillo rojizo. El cielo se ha vuelto agresivamente gris y me apresuro a contar chozas.

Busco la quinta de derecha a izquierda. Pregunto por Ernesto a unos hombres desmayados de calor sobre sillas de playa sucias. Uno de ellos se levanta y lo sigo hasta un claro donde hay un grupo de neveras abiertas, todas tres cuartos llenas de agua turbia. Me señala una de las neveras y los veo. Cinco peces del largo de mi mano. Todos color frío, nadando en agua sucia.

—¿Cuánto?

Me mira con el ceño fruncido, una línea de pestañas negras separando sus párpados hinchados de sol y de la sal de las bolsas igual de hinchadas bajo sus ojos. No sonríe. Decido no arriesgarme.

—Deme esos dos —le digo, y extiendo un billete de cincuenta y uno de veinte.

Cuando se pone guantes gruesos para agarrar el primero, todos los peces se inflan. Es horrible, asqueroso, ver tantas púas, cero escamas, y siento un escalofrío recorrer el lado izquierdo de mi cabeza. Pero él los empuña como si nada y los pone en el viejo fregadero de metal que compré en Facebook y que traje en el asiento de atrás lleno de hielo hecho con agua destilada, como aprendí en YouTube.

Por eso me voy sin preguntarle nada. Porque para eso está internet.

13

Con el fregadero de los peces en una esquina de la cocina del Airbnb todo entra en foco y el plan se afina dentro de mi cabeza. Deberé matarlos no más de seis horas antes de usarlos, así que salgo vestida de niña a buscar a la rata de dos patas. Tengo trenzas en el pelo, un par de mahones cortos, camiseta con muñequitos dos tallas más pequeña y sandalias de verano.

Lo agarro ya conduciendo, alejándose de la casa de la tía. Lo sigo diez minutos hasta el parque de los perros que está dentro de los predios de Tropical Park. Me quedo dentro del auto y lo vigilo. A él y a otro más que he visto antes con él. Mientras hablan, acarician a los perros de otros y siento que me mareo del asco. Un par de veces creo que me mira, pero otra vez su vista pasa de largo. Tardan media hora en irse y no han subido al auto color sardina cuando veo que dejaron un teléfono en el banco. Cierro los ojos y veo peces de largas púas que esperan en una esquina de la cocina de un Airbnb. Luego me bajo, agarro el teléfono y me lo llevo.

14

Sigo vestida de niña. Frente a mí, el celular de un criminal. También el mío, que tiene abierta la aplicación de la cámara de seguridad RING a la que me dio acceso la dueña del Airbnb cuando me mudé. Puedo ver toda la calle sin abrir la puerta ni asomarme a la ventana, solo mirando la pantalla del celular marcada en la esquina superior izquierda con la palabra *live* en letras naranja. El teléfono de la rata no se dejó desbloquear, pero lo dejo encendido para que me rastree si tiene con qué.

Cuando llegué del parque de los perros, uno de los peces había muerto y el agua estaba llena de heces homicidas. Supongo que el agua destilada que utilicé no era la correcta. No importa. Me vuelvo a poner los gruesos guantes de jardinería y con un enorme cuchillo de chef espeto al segundo pez dentro de su bañera de mierda. Me sorprende lo rápido que se infla; casi me toca. No chorrea mucha sangre, pero las púas pierden rigidez. Lo agarro con la punta del mismo cuchillo y lo tiro en el fregadero, abriendo al máximo la pluma de agua caliente. Se agita un poco sin dejar de mirarme con sus grandes ojos aterrorizados y su boca de vieja de noventa años que insiste en usar lápiz labial rojo. Entonces, sin tocarlo, le corto la boca, los ojos y el cuello. Echo todo en una bolsa de basura que no saco de la casa. Todavía no.

Decapitado, lo que queda del pez globo en mi fregadero no es más que un trozo de algo resbaloso, insignificante. Lo corto en pedazos medianos con todo y púas flácidas como si fuera a cocinarlo. Lo necesitaré así para lo que tengo en mente.

Reviso la aplicación de la cámara RING en mi teléfono una vez más. No hay nadie. En la calle de enfrente, solo las pencas de las palmas más altas se mueven levemente con la brisa de la noche que se avecina, esperando a que termine de oscurecer.

El pez globo se desborda del gran platón de barro en el que lo coloco antes de sazonarlo: sal, pimienta, paprika, comino. Añado aceite de oliva y paso el filo del cuchillo sobre las púas una y otra vez para embarrarlo de veneno y hacerlo doblemente mortal.

Ahí estoy, embarrando, cuando escucho una cancioncita que viene de mi teléfono, pero que no es una llamada, sino la alerta que emite la aplicación de RING cuando percibe un intruso. Lo veo enseguida: un auto del color de la plata sucia se ha estacionado en la acera entre esta casa y la de al lado. Reconozco el auto y siento que algo salta al vacío dentro de mí, pero no hago caso. Ha llegado el momento de botar la basura y salgo con el teléfono de la sanguijuela apoyado entre mi oreja y mi hombro como si hablara con alguien, contoneando exageradamente las nalgas y balanceando la bolsa plástica que tengo en la mano. (La bolsa está medio vacía, contiene solo la cabeza y la cola que le corté al segundo pez, pero el plástico tiene un propósito: provocar al animal patético que no dejó descansar, ni después de muertas, a dos niñas que jamás le hicieron daño).

Cuando vuelvo a entrar, dejo la puerta entreabierta como si se me hubiese olvidado algo. Enseguida lo veo en la pantalla de mi teléfono. Se baja del auto sin esconderse, se pone una gorra y avanza hacia mi portón caminando tan rápido que casi corre. Entiendo entonces que no sabe el alcance de las camaritas que ahora tiene todo el mundo, pero que casi nadie tenía hace diez años, cuando él fue preso. No sabe que ya lo ha visto y lo ha grabado.

Pero luego desaparece de mi pantalla. Lo busco en todas las esquinas de la imagen granulada y hasta miro hacia fuera a través de la ventana, preocupada. ¿Se habrá confundido de casa su *Find my Phone?*

Un segundo más tarde tengo la respuesta cuando entra con sigilo, sin aspavientos, y cierra mi puerta con todo y cerrojo tras de sí. En su mano derecha tiene algo negro: la bolsa que yo acababa de botar. Debió estar vaciándola frente a los tanques de basura que las camaritas no alcanzan a ver durante esos segundos en que lo perdí. Es un cabrón enfermo. Yo contoneando el patrimonio nacional y fue una asquerosa bolsa plástica lo que lo provocó.

Y ahí estaba ahora: armado con su accesorio de muerte favorito y a escasos pies de mí.

Nos miramos. Él no dice nada. Yo tampoco. No grito. Solo lo miro y veo en su cara que vino sabiendo que lo estaba esperando, que lo he estado vigilando. En su rostro veo también que lo que sabe lo excita como se excitó el mesero días antes, y es eso lo que me sacude por fin. Lo que me grita que soy una cabrona idiota. ¿Cómo pensé que podría sola —armada únicamente con un trapo de pez— contra un asesino pedófilo, necrófilo, desalmado y de una crueldad sin límites?

Ahora, solo ahora, siento miedo, y es un cáncer que me invade toda y hace que el desgraciado luzca enorme, más grande de lo que me había parecido de lejos. Un edificio el tipo este que, ahora estoy segura, caerá sobre mí y me aplastará.

Comienzo a temblar visiblemente. Lo siento hasta en mis cejas, que se agitan sin control, y se me ocurre que esto es lo que es un terremoto: la tierra sufriendo un ataque de pavor sabiendo que va a morir. Y en ese instante lo decido: al menos moriré por algo. Por las niñas. Por las muertas y por las mías que no llegaron a existir. Por todas.

Le grito al reptil: "No te acerques" para que lo haga. Y, para dirigirle la vista, miro el cuchillo embarrado en vísceras de fugu que todavía sostengo. Mi única esperanza es que lo agarre con las manos sin guantes y se envenene más rápido que los diez minutos que dice Wikipedia.

Pero él no va hacia el cuchillo. Viene hacia mí y me agarra por el pelo tan fuertemente que me levanta en peso y se me cae todo: el cuchillo, la vasija rebosante de trozos de pescado. Entonces acerca su cara a la mía y veo que está llena de hoyos. No luce joven de cerca, sino gastado, roto.

Aún agarrándome por el pelo, levanta el otro brazo —en el que tiene la bolsa plástica— por encima de nuestras cabezas. Todo se oscurece y cierro los ojos con fuerza.

"Te crees la más bicha, la más cabrona", dice con una voz baja y fañosa, empujándome hacia lo que él cree que es un pasillo que lleva a alguna parte, pero que no va a ningún sitio porque así de mal dividida está esta casa. Me imagino que busca un cuarto con puerta que se pueda cerrar para ahí matarme a sus anchas, y el miedo es tanto que lloro sin aviso y sin sonido, segura, ahora sí, de que no voy a salir viva de esto. Tanto cálculo y al final una mujer siempre tiene que planificar el triple, porque generalmente no es más fuerte que un hombre empeñado en hacer mal.

Igual me resisto, intento aferrarme a la pared con el brazo que la alcanza, pero la condenada garrapata me agarra el brazo y me lo parte. Lo sé. No necesito rayos X que me lo digan, y creo que es ahí donde la bolsa negra con la que intenta cubrir mi cabeza se convierte en algo animado.

Es la cabeza del pez globo, que ha logrado salirse de la bolsa. Me dice que no me preocupe, mientras la plasta de mierda me da con un puño en plena cara para que deje de resistir y caigo al piso como lanzada de una azotea.

Desde el suelo veo las entrañas de pescado globo que se me cayeron, pero no intento nada porque ya sé que fue un plan estúpido. Que ni para matar sirvo.

Mientras, la venda podrida con patas me dice "puta" seguido de un *bitch* redundante. Me levanta del piso, otra vez por el pelo, y ya no forcejeo porque el asco es tanto que moriré de él si no me mata el culo con pus este, que no parece tener prisa. Me sigue insultando: cabrona, pendeja, *fockin* esto y lo otro, ahora en cámara lenta.

O quizás soy yo la que está en cámara lenta. Quizás estoy perdiendo el conocimiento porque ya no veo ni huelo nada, y esa esperanza casi hace que vuelva a creer en Dios. Pero todavía escucho... Es la cabeza del pez globo que canta: "Duérmete nena, duérmete ya, el cuco ya vino, pronto te irás", y que añade "¡Te felicito!" con la misma voz chillona del payaso embustero del video de Shakira, lo que hace que yo también quiera decir algo, gritar, aunque sea para oírme por última vez. Pero no puedo porque ya no tengo voz y tampoco un pito, una alarma de mano, algo. No se me ocurrió. No planifiqué lo suficiente, me cago en diez, y es entonces cuando todo se acaba y ya no hay canción.

15

Ha pasado un año. Sigo aquí, recibiendo la terapia ordenada por la corte. Dice Curbelo que tuve suerte de que no me acusaran de asesinato por comprar el pez que mató a la plasta de culebra molida.

Mami a veces viene desde Puerto Rico a verme. Se la pasa haciendo cartas al alcalde, a los concejales, pidiendo que me liberen, no sé para qué. Aquí vivo igual que vivía allá afuera. Mirando los restos de pasta dental en el lavabo que hay en mi cuarto, con mi cama a pocos pasos de un inodoro. Preguntándome qué milagro logró que el escaso residuo de pez globo que había en la bolsa plástica con la que quiso matarme, lo matara antes a él. Viendo el televisor mientras se asoma gente a cada rato por la ventanita de mi puerta blanca, cerrada desde afuera. A veces les saco la lengua. Otras veces, me bajo los pantis y me subo la bata para que me vean la selva. Creo que les divierte.

Hoy, en el área común de la clínica están poniendo una película sobre crímenes en Londres a principios del siglo XIX. (*Los ingleses siempre tan originales*). El detective es una copia mediocre de Sherlock Holmes, por supuesto. Al final (o quizás no), el criminal le dice a Sherlock que llegó muy tarde. Que la mujer (siempre es una mujer) ya está muerta y ahora la historia del asesino y de su víctima serán para siempre contadas en un mismo suspiro. Que ella jamás podrá escapar de él. Que estarán unidos eternamente.

Cuando regreso a mi cuarto/celda, pienso en esas palabras y me sorprende mi propia risa por lo rápida y lo mucha. Algo la propulsa como al agua que veo cuando halo la cadena del inodoro en el que podría poner los pies desde la cama. Es tanta risa que mi boca se abre y se abre y siento frío en los dientes, pero sigo riéndome, abriendo la boca más y más hasta que soy una gran bocaza muriendo de risa bajo unos ojos también muy abiertos, como si sintieran pánico de estar tan cerca de todos esos dientes sin poder escapar.

Río porque es cierto que soy un fracaso, que no ejerzo la abogacía ni ninguna otra cosa y que mi cuerpo es un total desperdicio de oxígeno y espacio. Pero río también porque hay un asesino cuyo nombre ya no será mencionado en la misma oración junto a sus víctimas. En vez de eso, vivirá para siempre esposado al mío: al de la mujer que lo mató con la ayuda del pez más feo del mundo.

Es ese pensamiento el que me mata a carcajadas feas y desajustadas. Y no es hasta mucho después, cuando me he calmado, que imagino sus restos y los míos compartiendo algún día el mismo espacio helado. Dos peces de color frío en una esquina podrida del congelador de la memoria, nuestros ojos brotados formando parte de una misma historia que ocurrió tiempo atrás en esa calurosa ciudad llamada Miami.

LA SALIDA ES POR AQUÍ

El tipo que habían contratado en Miami para dirigir el videoclip musical de bajo presupuesto declaró que ahora sí lo tenía y todos aplaudimos.

Adelaida y Roxy, las coristas, hicieron una reverencia exagerada, como si agradecieran los aplausos a una audiencia de millones cuando, incluyendo camarógrafo y director, a duras penas llegábamos a diez en aquel caluroso almacén alquilado convertido en set de grabación.

Minutos después recogíamos baterías, luces, instrumentos. Estábamos cansados. Queríamos irnos a casa. Todos menos Johnny, el vocalista de la banda, el de la voz de miel, los rizos en espiral y la barba de dos días. El que llenaba de hípsters y estudiantes borrachos los lugares en los que teníamos la suerte de tocar.

Él lo sabía. Por eso los demás me ayudaban a enrollar cables, a desarmar soportes, a empacar micrófonos en sus maletas amortiguadas, mientras Johnny seguía más tumbado que sentado en el único asiento disponible en el lugar: el sillón Dux danés al que su socio Luquis llamaba su "primogénito". Era su pertenencia más preciada, lo había comprado en eBay y lo transportaba de ciudad en ciudad y de locación en locación.

Johnny sabía eso también. Por eso se restregaba en el sillón, colocando la parte baja de su espalda sudada casi en el borde del asiento y abriendo las piernas como si estuviera a punto de tomar una foto del almacén con su maldita verga, encuadrando la imagen con la entrepierna.

Así era con todo. Toma como ejemplo el videoclip. Aun siendo de bajo presupuesto, había costado más de lo que la banda podía pagar, lo que es igual a decir que había costado más de lo que Luquis podía pagar. Porque, aunque Johnny y él eran socios y condueños de la agrupación, yo estaba seguro de que Luquis era el que se encargaba de todo, el que hacía que las cosas fluyeran mientras que Johnny solo ponía su cara linda frente al micrófono y berreaba.

Luquis te habría dicho que "habían" hecho el esfuerzo porque le tenían fe a "Roces secretos", un rock reguetoneado inspirado en "De música ligera" de Soda Stereo. Pero a mí no me jodía nadie: Luquis lo había financiado para complacer a Johnny. Estaba seguro porque así era Luquis, un buenazo cuarentón casado con la música, cuya única otra obsesión, que yo supiera, era aquella usada silla *mid-century modern*, tapizada con el terciopelo rojo de las butacas de los teatros de antes.

—Óyeme, cuarenta y dos horas estuvimos ahí y aquel cabrón subía dos pesos y yo subía tres pesos y cinco centavos. Los cinco centavos eran la clave. Hasta que se la gané, je, je, je. Pero mira nada más y dime que no es una belleza.

Todos habíamos escuchado el cuento. Si Luquis hubiese sido un superhéroe, la maldita silla habría sido el trono en su historia de origen.

Pero Johnny era… Bueno, digamos que Johnny se tomaba en serio su papel de niño malo, cuando en realidad no era más que un pendejo talentoso, pero pendejo al fin. ¿Su juego favorito? Acaparar sillas que no le interesaban, solo para que otra persona no pudiera ocuparlas. Restregarse en los sillones que otros amaban.

¿Yo? No, yo no era nadie. El *roadie.* Otro pendejo, solo que más pendejo porque no tenía talento. Mi única cualidad era ser consciente de lo pendejo que era. El *super-loser*-ayudante-pipa-esclavo que nunca sería músico.

Aquel trabajo pagaba la renta y compraba cervezas, ¿okey? Y ya, para de contar, a menos que quieras añadir que me mantenía cerca de Adelaida, la corista. Otra razón por la que yo era un *super loser* es que estaba enamorado de la mujer que Johnny trataba peor que al sillón de Luquis.

Esa tarde, yo me aseguraba de que no se nos quedara nada, porque lo que se perdiera salía de mi salario. Cuando la cuenta de micrófonos, baterías o cables daba lo que tenía que dar, cargaba lo contado hasta la vieja furgoneta, en cuyos costados se leía "Laura me hizo un favor", el nombre de la banda. (Aparentemente, se trataba de la frase favorita de la madre de Luquis. Laura era el nombre de la esposa actual de su exmarido, así que saca tus propias conclusiones).

Había mil grados de temperatura, pero Miami era una ciudad demasiado cara para una banda local como la nuestra, y el plan era terminar de cargar la maldita guagua, regresar a Orlando esa misma noche y descansar en nuestras propias camas después de semanas de tocar en locales baratos a lo largo de la I-95 rumbo al sur.

Todos en la banda eran caribeños, nacidos y criados en Puerto Rico, República Dominicana o Cuba, menos Luquis y yo. Luquis era un boricua gringo, nacido en la isla y criado en los Estados. Y yo era un gringo dominicano, nacido en Nueva York, de padres quisqueyanos e indocumentados hasta el otro día. Toda una vida de vivir bajo el radar, ya tú sabes.

Adelaida reapareció a unos pasos de mí. Ya no era la cantante negra y seductora de pesadas pestañas y peluca de trenzas platinadas. Se había puesto su propia ropa y ahora era una chica de escuela sin maquillaje, en camiseta blanca y mahones anchos, más hermosa si es que eso era posible.

Pero Johnny estaba muy ocupado con la botella de cerveza medio vacía que tenía en una mano para hacerle caso. Su mirada nublada había estado barriendo el almacén de un extremo a otro, mientras el resto, incluyendo a Luquis, trabajaba y limpiaba incluso los pisos de cemento pulido. Estuvo tranquilamente tumbado allí, lánguido en su falso desgano con la vida, hasta que Adelaida se cansó de ser ignorada y fue y se le sentó encima y, de verdad, *man*, yo no sabía cuánto tiempo más iba a poder soportarlo.

El problema no era que ella no me viera o que no se enterara de que yo estaba vivo. (Había sido invisible toda mi vida. Estaba acostumbrado). El problema era que se estuviera desperdiciando con él, que fuera tan ciega a su propia belleza, a su talento. No me lo vas a creer, pero si

Adelaida se hubiera enamorado de Luquis, no me habría molestado. En serio, loco. Hubo noches en que recé para que Luquis se enamorara de ella y la salvara de Johnny. Él la habría sabido querer bien. La hubiera tratado como la reina que es, como trataba a su madre y a sus hermanas, con todo y lo feas que eran. A mí. Con cariño, pero con respeto. *You know what I mean?* Pero no. De todos los pendejos aventajados de los que Adelaida se pudo haber enamorado en la Florida, tuvo que ir a fijarse en el cabrón de Johnny.

Alguien abrió las altas ventanas de acero de la buhardilla del almacén, pero era Miami y no parecía haber una puñetera brisa por la cual valiera la pena vivir allí.

—Listos para salir en quince, Johnny —dijo un Luquis sudoroso, estresado, sin detenerse a esperar una respuesta y sin recibirla tampoco. Pero así era Luquis. ¿No te digo que respetaba a todo el mundo sin importar que no lo respetaran a él?

Yo estaba a apenas un par de metros de distancia, arrodillado frente a una serie de baúles de metal que había alineado en un esfuerzo por ser eficiente, pero Johnny me había sacado de paso con su comedura de mierda, y yo fingía contar baterías y cargadores de cámara sin poder concentrarme porque Adelaida seguía encima de él mientras él se tomaba su tiempo para hacerla sentir que no era importante, que era menos que nada.

No le importaba que ella tuviera aquellos lindos brazos negros alrededor de su cuello; su sonrisa de dientes ligeramente torcidos buscándole el rostro para besarlo.

"Papi, *please*", le decía. "No bebas más esta noche. Vámonos ya".

Pero claro, el pendejo supremo tenía que hacerse de rogar, dándose todo su maldito puesto para otorgar su bendición, deslizándole la mano desocupada por las nalgas antes de decirle: "Cómo jodes, mujer. Bueno, bueno, está bien, está bien. Busca el abrigo. Date prisa".

Ella sonrió entonces. Saltó y le dio un beso que pretendió ser rápido y juguetón pero que, por supuesto, él tuvo que convertir en un espectáculo, agarrándola de la muñeca y obligándola a seguirlo besando mientras yo me quedaba sin aire e imaginaba cómo sería dispararle a alguien.

A mí mismo, por ejemplo. Apuntarme a este rostro que se niega a botar las cicatrices de acné adolescente, hasta ahora resistentes a todo ungüento y medicina química o natural. Destruírmelo a una velocidad indetenible, pero viendo la bala claramente, como en cámara lenta. Algo así como lo que le pasó al tipo ese de *Bullet in the Brain*, lo único que me gustó alguna vez de todo lo que me obligaron a leer en la escuela. Era obvio, ¿verdad? Seguro que a ti también te lo ha parecido. Era hora de renunciar.

La idea me había estado rondando, cercándome, aprisionándome, y ahora lo estaba pensando de nuevo porque ahí estaba Adelaida todavía besando a Johnny, como si fueran a romper el Récord Guinness en mates. Yo ya convencido de que a ella todo le resbalaba, que no se daba cuenta o no quería darse cuenta de nada. No del triunfo en la voz de Johnny cuando le ordenó que agarrara su abrigo mientras me buscaba con la vista para asegurarse de que los estuviera mirando. Ni de cómo la miraba alejarse midiéndola como medía a la carne de *groupie* desde el escenario, ella sencillamente ciega a todo. No lo veía, como tampoco me veía a mí, que era incapaz de no mirarla cuando se agachaba a la menor gota de sudor y acorralaba sus rizos, retorciéndolos hasta formar un moño tambaleante que dejaba colgar de un lado de su cabeza como un gran arete solitario.

Mano, era hora de renunciar. Encontraría otro trabajo, aunque este me gustaba porque me permitía dormir hasta tarde y ganar lo suficiente para pagar las cuentas y mandarle algo a mami, que se había divorciado de papi y se había regresado a Dominicana. (Tanto nadar para morir en la orilla. Pero así es la vida, como ella misma diría).

Y lo peor es que nadie me extrañaría. Total, podías patear la esquina que más rabia te diera y de ella saldría un *roadie*, o muchos. Yo había estado tan frustrado con mi mal de amores esos últimos meses que no había sido un muy buen *roadie* que digamos. Seguro que cualquiera que Luquis contratara sería mejor. La banda tampoco me extrañaría y mucho menos Adelaida, a pesar de sus besos y abrazos de saludo, y de la forma en que siempre me revolvía el pelo con la mano cada vez que me pasaba por el lado.

"¿Tú estás claro de que yo sería capaz de asesinar por una mata de pelo grueso como la tuya, verdad, Piti?", decía ella. Y yo le contestaba: "Pues estamos a mano porque yo mataría por el tuyo".

Así le había respondido yo la última vez que me lo dijo. ¿No te he dicho ya que soy tremendo pendejo? Un cabrón *super loser* es lo que soy. Así de patético y ridículo me ponía siempre que ella estaba cerca. "¿Mataría por el tuyo?". ¿En serio?

Tenía que irme. Punto. Era lo mejor que podía hacer porque Adelaida iba a seguir ciega hasta el fin de los tiempos, igual que mi mamá, quizás igual que la de Luquis, y yo no podía más. No podía seguir ofreciéndole mi vida y todo lo que había en ella cada vez que la miraba en el cuarto de ensayo de la casa de Luquis, en el escenario, en la furgoneta de la banda cuando se ponía a cantar a capela para distraernos durante los largos y tediosos viajes por autopistas solitarias pobladas solo por pinos y brea.

Sí, ya sé. No te molestes en decírmelo: enamorarme de la esposa del tipo que controla al que paga mi salario no era la cosa más estúpida en la larga lista de cosas estúpidas que había hecho en mi vida, pero estaba entre las *top five*, quizás en las *top three.*

Adelaida ya está de vuelta, abrigo en mano, tirando del brazo de un Johnny que se hacía el dormido o el borracho, una de los dos. Pendejo, huelestaca (palabra favorita de Luquis que significa bobo, sanano, imbécil en boricua). Adelaida halaba de Johnny, impaciente, con ganas de irse, y yo cerraba la tapa del baúl sin tener idea de cuántas baterías había dentro. Puse la combinación en el candado del baúl y me incliné un poco para levantarlo y echármelo sobre el hombro izquierdo. Estaba pensando en que todo estaba decidido. Me iría. Al otro día, a primera hora, le diría a Luquis y me iría.

Pero cuando levanté la vista, el baúl ya cómodamente rompiéndome la clavícula, la vi, manos en la cintura, haciendo tap, tap, tap con la punta del zapato izquierdo. Pero no era a ella, a Adelaida, a la que estaba viendo. No realmente. La mujer que veía era una diosa, una Frida, una Julia de Burgos, La Lupe. Una mujer demasiado grande para Johnny y para mí también. Una santa de alas doradas terminadas en soledad. Un ángel fuerte, destinado a tener que recogerse del piso tras un amor demasiado devastador.

Y diache, ¿puedes creer que empiezo a llorar? No estoy borracho, te lo juro. Pero lloro porque no quiero eso para ella. No lo quiero, coño. Y no sé qué hacer ni qué decir.

De pronto, escucho un eco ancestral que dice: "No hay peor ciego que el que no quiere ver" y veo a mi madre. Otro ángel devastado, que se fue por amor, sin necesidad de emigrar, y que ahora, de nuevo en su terruño, te saluda, pero siempre triste, menguada, como un paquete que devolvieron sin abrir porque no fue suficiente para las necesidades del cliente. Una jugadora de azar que arriesgó su vida para llegar al casino con una moneda y regresó con el pulgar cansado y los bolsillos vacíos. Y no, ese no puede ser el destino de Adelaida, coño. No con ese cantar y esa sonrisa y, bueno, otras cosas que tiene.

Pero ¿de qué hablo? ¿Quién me creo que soy? ¿El hombre araña? No, qué va. Esto llegó hasta aquí. Me voy. Encuentro otro trabajo. Empiezo de nuevo. Qué carajo. Soy joven. Aún no cumplo los treinta. Eso todavía es ser joven, ¿no?

—¿Estás bien? —pregunta Luquis. No sé desde cuando me mira, pero luce preocupado.

—Estoy bien —digo mientras veo a Johnny levantarse finalmente y darle una nalgada demasiado fuerte a

Adelaida antes de voltearse para despedirse de los sopla potes que lo adulan sin tregua (Payco, el baterista y Junito, el del sintetizador). Y ahí, justo ahí lo veo, o creo que lo veo: Adelaida cambiando de expresión tan pronto como Johnny da la vuelta. Guardando abruptamente esa sonrisa suya, virando las pupilas hacia arriba antes de dejar que todo se asentara bajo el marco de un ceño fruncido; hartita de odio contra Johnny, igual que yo. Lúcida, por fin, el ángel autosalvado.

Ha comenzado a despertar. Eso es lo que veo. Ya no se desperdiciará con Johnny ni conmigo. "Aunque quién sabe", insiste mi pendejo corazón atreviéndose a desear algo, a querer tener algo suyo alguna vez.

Pero qué va. Los ángeles parecen estar trabajando horas extras ese día porque no hago más que pensar en la posibilidad de Adelaida cuando una luz se enciende a unos pasos de mí. Seguro es una luz de almacén que se activa con un *timer*. El asunto no es que se haya encendido. El asunto es lo que me dice —en letras azul neón— ese letrero que antes no vi y donde leo ahora: "Eres un pendejo. Y la salida es por aquí".

CARMEN EN EL JURADO

No voy a mentir. Cuando la citación para comparecer llegó con el correo de la tarde, tuve miedo. Fue mi esposo Mark, que es abogado, quien tuvo que encenderme la luciérnaga del cerebro.

—A ver, Kelly —me dijo—, pensemos en esto con detenimiento. Se trata de un caso famoso. Todo el mundo está hablando de ese muchacho que mataron. Esta citación significa que tienes la oportunidad de formar parte de ese jurado. Imagínate nada más lo que podríamos cobrar por entrevistas luego del juicio.

—No hablas en serio —dije, sabiendo que sí lo hacía.

—Quizás hasta podríamos escribir un libro juntos cuando todo termine; tú como miembro del jurado, con información de primera mano, y yo como tu abogado, tu esposo y asesor. Sería un *bestseller*, ¿no crees?

—Pero no eres abogado criminalista. —Tuve que apuntar, porque me parecía demasiada distancia la que hay entre un abogado de bancarrotas y uno que defiende o encausa criminales.

—Bueno, no. No es exactamente igual, pero siempre hay un conocimiento legal de fondo que no podemos descartar.

—No, claro que no, cariño. Ni soñar descartarlo.

—Algo se nos ocurrirá —dijo él entonces, más para sí mismo que para mí—. Pero primero tienes que lograr que te escojan en ese jurado. Y si lograras que te eligieran forense del juicio, eso sí sería un batazo.

—Hay que ver —dije, pensando en cómo cotorras iba yo a lograr que me escogieran para el jurado, mucho menos para que fuera la presidenta. No tengo experiencia legal y no le caigo bien a la gente.

Definitivamente, el sistema de las cortes se había equivocado de Johnson. Debieron escoger a Mark. Pero no. Me escogieron a mí.

—Además —seguía diciendo Mark—, ¿no eres tú la que dice que ya es suficiente? ¿Que necesitan que alguien les diga las cosas en la cara y como son? Pues aquí tienes tu oportunidad.

Me estaba manipulando. Era una mala costumbre que tenía porque pensaba que yo no me daba cuenta, que él era el único inteligente, el único al que se le ocurrían ideas brillantes, el que siempre tenía la razón. Pero yo sí me daba cuenta. Solo no dije nada porque justo ese día dio la casualidad de que Mark tenía razón: aquella era mi oportunidad.

Era cierto que yo había dicho todas esas cosas cuando llegaron en manada a Silencetown en la Florida con sus dichosos *hoodies*, esas vulgares sudaderas con capucha, a hacer espectáculos en plena calle, gritando y agitando sus pancartas, causando un caos en este pueblo de gente buena, cristiana, amante de sus tradiciones.

Por eso me sacó de quicio que pensaran que podían regresar al día siguiente, con altoparlantes, a quedarse con la plaza, cuando ya habían logrado que arrestaran al voluntario que le había disparado a aquel muchacho. Gritoneaban que las vidas negras importan. Bueno, por supuesto que las vidas negras importan. ¿Quién dijo lo contrario?

Por culpa de ellos no pude ir ese día a mi clase de aeróbicos acuáticos en el YMCA. Todo porque tuvieron que hacer su gran *show* para las cámaras de los noticieros locales, haciendo lucir a Silencetown como un pueblo de campesinos retrógrados, cuando no hay nada más lejos de la verdad. En vez de asumir su responsabilidad, de aceptar que son sus fechorías las que hacen que nosotros, los que nacimos aquí, no podamos confiar en ellos y tengamos que defendernos disparando primero y haciendo preguntas después.

—¿Y usted qué pensó? ¿Le pareció inapropiado que los manifestantes protestaran? —me preguntaría semanas después un fiscal joven con las señales de haber contraído viruela todavía presentes en su rostro. Las preguntas eran parte del *voir dire*, que, te excuso por no saber, es un término legal que significa "selección de jurado" en francés.

—No es que haya sido apropiado o inapropiado —dije después de una pausa, como si hubiese estado considerando cuidadosamente la pregunta—. Quiero decir, creo que la gente debería poder protestar, siempre y cuando lo haga pacíficamente y sin romper el orden.

Lo cual no era una mentira exactamente. Solo no era toda la verdad de lo que pensaba, porque para cuando dije en ese tribunal que no leía periódicos, y que únicamente los usaba para forrar los fondos de las jaulas de mis loros, ya yo me moría por estar en ese jurado y no me hubiese importado decir una pequeña mentira para lograrlo. ¿La verdad? Quería ser parte de ese juicio más de lo que había querido cosa alguna en la vida.

Sí, los negros me molestaban, ¿okey? ¿Ya eres feliz? No los odiaba mientras no me molestaran, pero me molestaban porque no estaba acostumbrada a verlos en mi vecindario. Y, bueno, la verdad es que no me gustaban sus costumbres. Hablaban diferente, se peinaban diferente, hasta vestían y comían diferente. Pero ellos seguían comprando casas y mudándose aquí como si pudieran, y ya llevábamos años sintiéndonos invadidos en el vecindario, esa era la realidad.

Pero no es que fuéramos racistas, que sé que es lo que estás pensando. Simplemente, no era justo que todo a nuestro alrededor —nuestra rutina, nuestro espacio, nuestras actividades— tuviera que cambiar por culpa de gente a la que ninguno de nosotros había invitado.

Claro que una vez que empezó el proceso del juicio, ya no se trataba de eso, sino de poder escribir ese libro con mi esposo. Un libro sobre un caso legal por el que pagarían cientos de miles, tal vez millones de dólares. Y él, el gran abogado, no podía escribirlo, mucho menos publicarlo, sin mí.

Por eso, tan pronto me eligieron para ser parte del jurado, mis molestias pasaron a segundo plano y me esforcé en ser simpática para que me eligieran presidenta y así poder dirigir el destino del juicio desde la sala de deliberaciones.

Tarde en la noche, con Mark roncando a mi lado, me quedaba dormida diciéndome: "¿Te imaginas, Kelly, que pudieras terminar diciendo que gracias a ti se hizo justicia? ¿Que no permitiste que los que nos acusan de racistas monstruosos solo por ser blancos mancillaran la imagen de Silencetown y del país? Ay, muchacha, sería un éxito. Todos comprarían tu libro. Serías la heroína de este pueblo y por fin tendrían que darte el respeto que mereces".

Mi campaña de simpatía funcionó: mis compañeras me eligieron presidenta y la corte me asignó un nuevo nombre que me gustó y me hacía reír porque sonaba a nombre de espía internacional. Claro que en ese momento yo no sabía que iba a tener que esconderme durante años detrás de ese identificador tan impersonal: jurado B73.

Las protestas seguían y, una semana antes de que empezara el juicio, incomunicaron al jurado. Las seis mujeres quedamos aisladas, juntas todo el tiempo.

Mi esposo me visitaba con información e instrucciones. Para informarme que el caso estaba recibiendo más atención de los medios, me decía que el árbol de mango seguía creciendo más y más, que a ese ritmo tendríamos más mangos de los que podríamos comer ese año. O decía: "Las ciruelas pasas están buenas este año, pero tienes que esperar. No puedes andar hablando de lo mucho que te gustan las ciruelas pasas porque se echarán a perder antes de que puedas tocarlas. Es mala suerte. Tienes que hacer como que no las quieres o como que no te importan, ¿entiendes?".

Yo asentía. No tenía dificultades de aprendizaje, así que claro que entendía. Cuando comenzaron las deliberaciones, me puse a trabajar.

Las otras cuatro mujeres blancas en el jurado —Denise, Lynne, Debra y Julie— tuvieron sus momentos, pero fue la latina, una tal Carmen, la que me causó todos los problemas.

Era la chica negra simbólica, supongo, aunque es clara de tez y hasta pecosa. Pero así es este país. Quiere hacer "acción afirmativa" y seguir otorgando privilegios a gente que no se los ha ganado, que protesta por todo y no agradece nada. La Carmen esa era el ejemplo perfecto: quería meter al pobre Johnny a la cárcel, y eso que era uno de los suyos, pues nos habíamos enterado de que la madre de él era puertorriqueña. Igual, a Carmen no le importaba. Votábamos y volvíamos a votar y seguía saliendo un voto de culpable cuando, para que fuera absuelto, el resultado de la votación tenía que ser unánime. Ella sencillamente no podía hacer que su pequeño cerebro asimilara el elemental concepto de *en defensa propia*, y quería ver a Johnny tras las rejas. No tiene gratitud esa gente, ¿no te lo decía yo? Claro que, al final, no pudo conmigo.

—Escucha, Carmen. No te pongas defensiva y abre la mente —dije—. No podemos tomar la decisión equivocada solo porque sintamos lástima por la mamá. Sé que te identificas, todas lo hacemos, pero ese chico está muerto, y enviar a un hombre inocente a la cárcel no lo traerá de vuelta.

—No es inocente. Mató a un niño por la espalda. Un niño que no estaba haciendo nada malo y que no estaba armado —pontificó la testaruda.

—Catorce años no es tan niño —dijo Denise, la más callada de nosotras.

—Lo es para la ley —dijo la Carmen, y Denise posó su vista en otro lado como si no la hubiese escuchado. O sea, no le respondió, que es lo que hay que hacer con gente que no tiene modales. Mira que contestarle así a Denise, que si no tiene cien años está por tenerlos.

—Escucha, Carmen… ¿Lo estoy pronunciando bien? ¿Tu nombre? —lo volví a intentar.

—Sabes que sí. Es un nombre muy simple y muy común en este país —dijo ella con sus fosas nasales resoplando de impotencia o de quién sabe qué.

Me armé de paciencia. Tenía un libro que escribir y no iba a permitirme ganar la batalla y perder una guerra que no era con Carmen ni con el niño muerto. Era con Mark. El libro no tendría sentido si el resultado no era positivo para Silencetown, donde vivían nuestros vecinos y los clientes de Mark. Él no pondría en juego su bufete ni expondría a sus socios a protestas de la gente que importaba.

—Yo sé lo que te ocurre, Carmen. Eres madre y eres una buena persona a la que le da lástima ver a esa madre llorar.

No sabía si Carmen era madre y no me importaba, pero algo me decía que había sido la mamá del niño la que le había inspirado el valor para atreverse a votar en contra de nosotras. La madre del niño muerto con sus trenzas de Nefertiti y su aire de superioridad, toda ella flotando sobre el estrado día tras día con aquel olor a Shalimar y a lágrimas, tan fuerte que llegaba hasta nosotras, mareándonos.

Me recordaba a mi madre, que murió pobre y sola porque yo era una mujer casada y no podía dejar mi casa para ir a cuidarla a otro estado cuando todos mis hermanos varones, sus niños preferidos, vivían a cuadras de ella. ("Todavía olía a Shalimar", dijo mi hermano Poe cuando me llamó para decirme que había ido a verla y la había encontrado muerta).

—Eres muy mala actriz —tuvo la osadía de decirme entonces la Carmen, con sus ojos negros empegostados de un rímel espeso, como si no se lo hubiese removido en años—. Así que hazme el favor y deja el teatro. A ti no te importo yo ni te importa hacer verdadera justicia. De hecho, creo que a nadie en este jurado le importa.

Pude acusarla de conducta inapropiada ante el juez, pero no era el momento de perder la cabeza, así que sonreí como si ella fuera la hermana que tanto deseé tener, pero que no tenía.

—Suenas dolida. ¿Por qué no me cuentas lo que te pasa y me dejas ayudarte a aclarar cualquier confusión?

—Lo que me pasa es que no entiendo por qué las cinco mujeres con las que sirvo en este jurado, sacrificando mi tiempo, que es… precioso en este momento de mi vida, todo para hacer mi deber ciudadano, quieren tapar la verdad con las perlas falsas de sus collares.

Me toqué la clavícula involuntariamente. ¡Mis perlas no eran falsas! Me las había comprado con mi propio dinero, aunque les decía a todos que Mark me las había regalado. Miré a las demás, que también se tocaban las clavículas, percatándose por primera vez de que, en efecto, todas llevábamos perlas, aunque solo las mías y las de Debra eran auténticas. ¿Te imaginas tamaña falta de respeto? Quién sabía si no era la propia Carmen lo más falso de ese lugar, pues yo tenía serias dudas de que fuera ciudadana.

Pero Carmen sabía que había anotado un punto con lo de las perlas, y puso la misma cara que pone la chusma de mi lora Chiquita cuando repite algo que sabe que me avergüenza.

—Lo estás haciendo personal cuando es tan sencillo como repasar los hechos del caso —le dije.

—¡Perfecto! Hagámoslo —dijo Carmen, levantando la voz y retando mi paciencia una vez más—. Un niño negro fue a la casa de su padre a visitarlo. Eso es un hecho.

—Johnny no tenía forma de saber eso —se apresuró a decir Lynne, pero cerró la boca cuando la miré con ojos convertidos en escopetas.

Igual, el daño estaba hecho, y Carmen se apresuró a aprovecharlo, torciendo el argumento.

—O sea, que como yo no tengo forma de saber si tienes una bomba en la cartera, Lynne, te puedo disparar para defenderme de lo que creo, aunque no exista indicio alguno. ¿Es así como funciona?

—Pero el muchacho sí dio indicios. —Ahora era Debra la que metía la cuchareta como si no me hubiese visto matar a Lynne con los ojos.

—¿Un *hoodie*? ¿Tener las manos en los bolsillos? ¿Seguir caminando e ignorar a un extraño que te pregunta con mala actitud a dónde vas? ¿Esos indicios?

Las demás bajaron la vista. Bueno que les pasara por no dejar a la maestra amaestrar.

—El único indicio que dio ese ni-ño… —dijo Carmen, subrayando *niño* mientras miraba a Lynne— fue ser negro.

—No hay pruebas de eso —dije.

—Tampoco las hay de que estuviese haciendo nada malo. Pero qué coincidencia. Se arresta a más muchachos negros que blancos. ¿No será que hay una policía selectiva? ¿Que los medios perpetúan estereotipos que…?

Bueno, bueno. Mírenla a ella, pensé en ese momento. Miss Aros de Oro Gold-Filled escupiendo palabras grandes y jerga legal.

—No digo que ese chico estuviera haciendo algo malo —dije, interrumpiendo su diatriba sobre selectividades y estereotipos—. Solo pregunto cómo se supone que Johnny, un voluntario que dedica su tiempo libre a proteger el vecindario, pudiera saber que el chico no estaba tramando algo nefario o inicuo.

Así es. Yo también puedo usar palabras finas cuando es necesario.

—Pero —dijo Julie, la única santurrona que tenía en ese jurado, además de Carmen. (Para que veas que no la tuve fácil)—, ¿entonces estás diciendo que lo mató por miedo?

—Exacto —dije, como si ella hubiera dicho que estaba de acuerdo conmigo—. El miedo hace que sientas que no tienes otra opción que defenderte. A alguien que está o cree que está en peligro no podemos exigirle que espere para tomar una decisión más informada.

—¿Así que matamos a muchachos desarmados cuando tenemos miedo de ellos? ¿Aunque nuestro miedo sea irracional? —dijo Julie, como si lo estuviese viendo de esa manera por primera vez.

El juicio se me estaba escapando de las manos. Si Julie se unía a Carmen, estaba perdida. Sería la presidenta que no pudo lograr un veredicto.

—Piensen en esto: Johnny estaba viendo a ese chico por primera vez. Realmente pensó que era él o el chico —dije, negándome a usar su nombre para no humanizarlo, como mi esposo me había instruido.

—La verdad es que ese hombre mató al niño porque era negro —dijo Carmen—. No, no. Lo mató por ser negro y tener el atrevimiento de estar en un barrio blanco, por eso lo mató. Y esa es la definición de homicidio en primer grado.

—¿Terminaste, Carmen? —respondí con la saliva hecha cubitos de hielo.

—Sí, terminé. Voto culpable. Mil veces culpable. Porque es culpable.

Cruzó los brazos, empujó sus grandes labios resecos hacia afuera y se fue a sentar en su lugar de la mesa de conferencia en la que habíamos comenzado a votar varias horas antes.

—Bueno, en ese caso, ¿para qué volver a votar? —dije con cara de testigo de Jehová que trató de salvarte de las llamas, pero que ya tiene que darse por vencida—. Les pido un receso más. Si después de ese receso nadie ha cambiado de idea, llamaré al alguacil para que le avise al juez que estamos estancadas.

Todas asintieron y se levantaron de la mesa para arremolinarse frente a un aparador que estaba en un extremo de la sala. Allí había café y botellas de agua, y las mujeres comenzaron a refrescar sus tazas, hablando de todo menos del juicio.

Carmen salió rauda hacia el baño que estaba al final del pasillo, tal y como yo sabía que iba a hacerlo. Había escuchado una vibración sospechosa en varias ocasiones esa tarde y la había visto poner cara de venado atrapado cada vez que ocurría.

Así que le pedí a Julie que me acompañara al baño. Cuando Carmen nos vio entrar, se encerró en una de las casetas con inodoros. Yo aproveché para abrir la caseta más cercana a la puerta de salida y seguí hablando con Julie como si estuviese saliendo del baño con ella, cuando en realidad aproveché el ruido de la puerta que se cerraba tras Julie para encerrarme en mi caseta y quedarme inmóvil.

No pasó un minuto cuando escuché la voz de Carmen hablando por el teléfono celular que se suponía que todas habíamos entregado al alguacil. Cinco minutos después, yo ya tenía todo lo que necesitaba.

De regreso a la sala, todas seguían alrededor del aparador con el café, y yo aproveché para acercarme a Carmen, que estaba sola sentada a la mesa.

—Oye, disculpa que haya escuchado cuando estabas en el baño. No podía salir y no pude evitar escuchar.

Ella me miró sobresaltada.

—No puedo estar sin mi teléfono —dijo.

—Sí, lo sé. No te preocupes. Mira, esta es la tarjeta de mi cuñado. Es oncólogo pediátrico. Tomará tu caso. Te lo prometo.

Ella me miraba totalmente confundida.

—Tómala —insistí, poniendo la tarjetita en su mano antes de que pudiera recuperarse.

Y no le estaba mintiendo exactamente. Mi cuñado Jake a menudo se vanagloriaba de cómo les salvaba la vida a sus pacientes sin recursos, regalando sus servicios a cambio de un mínimo de publicidad. Yo no sabía si tomaría el caso del niño de Carmen, pero pasarían muchos días antes de que ella o yo pudiéramos averiguarlo.

—Muy bien —dije cuando todas habían vuelto a sentarse. Carmen mantenía la mirada fija en el filo de la mesa frente a ella—. Yo creo que la muerte del niño Trayvon, y perdón si no dije su nombre antes por querer mantenernos centradas y objetivas, fue una terrible tragedia. Un error de un hombre que creía que estaba ayudando, brindando seguridad, protegiendo a su comunidad de un peligro que él percibía. Se equivocó, pero ahora debemos votar por última vez y decidir si queremos tomar su vida a cambio de la que ya no podemos salvar, todo porque tuvo un mal día. Lo que trato de decir es que somos humanos. Esta es una comunidad tan pequeña que no llegamos a seis mil. Por lo regular, nos cuidamos unos a otros. Tratamos de ayudar cuando podemos, pero tendemos a atacar a quienes no nos apoyan, a quienes no les importa la seguridad de nuestros vecinos. Solo hay una persona viva en este incidente. Creo que debemos salvar a quien aún podemos salvar. Es todo lo que quería decir. Y ahora, votemos.

Miré a Carmen a ver si había recibido el mensaje. Seguía con expresión obstinada. Seria. Ay, Dios, pensé, con el corazón cayéndoseme al piso. Quizás me había excedido. Todo estaría perdido si yo había hecho que ella se identificara más con aquel niño que con su propia raza, con su propio hijo.

—Johnny se equivocó porque tenía miedo. Todos tenemos miedo. Eso no es homicidio. Es una tragedia. Todo el mundo merece una segunda oportunidad —recalqué, porque soy de las que, para sacarse un solo ojo, se saca los dos.

Julie comenzó a llorar y a mí me pareció que el rostro de Carmen hablaba. Sin emitir palabra, su cara decía que el niño negro no había tenido la más elemental oportunidad, así que tampoco debería tenerla su asesino. Y… pues… supongo que tenía algo de sentido eso. Si no hubiera tenido un trabajo que hacer, ¿quién sabe? A lo mejor me hubiese puesto en sus zapatos, aunque lo más probable es que no.

Las demás mujeres permanecían calladas. Algunas miraban a Carmen, al poema que era su cara. Decidí no darles tiempo a pensar:

—Escuchen. Solo me importa hacer lo correcto aquí. Ustedes saben que mi esposo es abogado y me ha enseñado a tomar la ley en serio. Además, nuestros nombres serán públicos en el momento en que este juicio termine. (No lo fueron). La gente sabrá si hicimos un buen trabajo o no, y podría haber represalias por tomar la decisión equivocada. Por favor, piensen en todo eso… y votemos.

El veredicto me sorprendió. ¿Quién habría adivinado que cinco mujeres serían tan fáciles de manipular? De verdad no me lo esperaba. De los abogados sí que lo esperé, para qué decirte que no. Todos eran hombres, rivales muy débiles para mí. Además, desde el primer día yo había montado mi rutina de chistes insulsos para pasar por ingenua. Por tonta. Y funcionó. Me creyeron estúpida. Esos abogados y jueces me admitieron en el jurado por su arrogancia condescendiente: esa que te hace creer que sabes lo que está dentro de los demás. Por eso no podían ver la amenaza que yo representaba. No era posible —cuando apenas me estaban viendo por primera vez— que supieran la verdadera diferencia entre un chico cualquiera vistiendo un *hoodie* y yo.

LAS AFORTUNADAS

Traducido del inglés por Roque Raquel Salas Rivera

Somos afortunadas, nos dicen cuando emergemos envueltas en el anochecer de una década de cautiverio, con los ojos entrecerrados porque el sol nos causa dolor. Con la piel pálida —en carne viva— en lugares secretos donde no nos atrevemos a mirar.

Los paramédicos nos ofrecen comida y agua. La policía nos arroja mantas con expresiones severas. Aparecen otras personas sin identificadores en la ropa, y cada una es un desconocido más para las tres.

Nos toman la presión arterial, nos escuchan el pecho y nos preguntan si estamos embarazadas o si es posible que lo estemos. Y sí, es posible. Por supuesto que es posible. Pero no podemos hablar, ni siquiera asentir. En lugar de eso, miramos nuestros cuerpos y aprendemos la devastadora verdad: existimos separadas. No somos una chica ni tampoco las tres caras de la misma esclava raptada; las otras dos siempre ahí para mantener con vida a la que acaba de derrumbarse. Esa ilusión se ha ido. Queda lo que somos: tres Evas habitando una misma memoria en busca del "nosotras" donde vivimos toda la vida que nos es posible recordar.

Nos siguen haciendo preguntas, pero ¿cómo contestar? Solo sabemos que el cabello oscuro y sucio de Mina le roza la cintura en mechones enredados y empegostados y que debemos encontrar una manera de cortarlo, aunque hayamos olvidado la sensación de las tijeras, de los cuchillos, del vidrio. Sabemos que Emily se alegra por la manta que oculta sus pequeños senos que, justo esa madrugada, él mordió hasta dejar morados. En los pantalones en que orinó su dolor y que no se pudo cambiar antes de que apareciera la policía a ordenarnos que saliéramos. Y sabemos cuán petrificadas estamos porque la cara de Abby se mueve de cantazo hacia la derecha una y otra y otra vez.

Pero eso es todo lo que sabemos. Todo lo que tenemos. Lo demás, incluso nuestras voces, todavía está en la habitación oculta bajo el sótano de la casa en Hanging Rock. Al otro lado de la trampilla donde él nos colocaba la comida. En el piso donde nos encadenaba y nos estrangulaba cuando lo desafiábamos.

Ahora un policía lo saca arrastrado de la casa y lo esposa. Está a solo unos metros de nosotras y la espuma escapa de su boca mientras se retuerce como un pedazo de cuerda para mirarnos por última vez, culpándonos, sin duda, por haber sido encontradas.

Sigue forcejeando y tratando de luchar contra su propio secuestrador, pero un segundo oficial lo golpea en la parte posterior de la cabeza y finalmente cae contra la acera rota frente a la casa. Luego, los dos oficiales que nos estaban velando corren hacia él y comienzan a saltar sobre su cuerpo, golpeando y pateando. Él responde con rápidos y sucesivos gruñidos, agudos, entrecortados, que escuchamos como: "¡Cabronas, miren lo que han hecho!".

El sonido confunde nuestra memoria, la disuelve en un charco de mercurio y obedecemos, mirando cómo nuestros brazos, tan delgados, se levantan y entrelazan como las ramas del otoño, secas y plateadas, temblando por el peso del invierno que se avecina demasiado rápido. ¿A dónde lo están llevando? ¿Cómo sobreviviremos a la luz del sol sin él?

Una mujer policía dice: "Volvamos a esto. ¿Lo conocían de antes?". Pero ya no sabemos. Hemos olvidado cómo recordar.

"¿Alguna vez trataron de escapar? ¿Trataron de salir cuando él iba al trabajo?", pregunta otra oficial, como quien necesita una respuesta, cualquier respuesta.

Nos miramos en busca de palabras. En la acera, algunos oficiales conversan apoyados contra patrullas con letras azules, del mismo azul de los letreros de playa en verano que, estacionadas en cualquier dirección, bloquean el tráfico y también las casas de los vecinos que nunca conocimos, que ni siquiera vimos. Uno de los autos sale con él en el asiento trasero. Tratamos entonces de mirar hacia otro lado, de hablar. Pero no queda lenguaje en nosotras. Solo podemos separar los labios y mover nuestro aliento invocado desde dentro hacia las mujeres que nos hacen preguntas. No sale nada, por supuesto, pero lo hacemos para mostrar obediencia, voluntad de cooperar con nuestros nuevos captores.

Esa mañana no se nos ocurre volver al fondo de los fondos para rescatar nuestras voces. Ni se nos ocurre pensar en cuánto nos hubiera gustado sentir el sol, el calor, ver las letras azules de playa en verano ahora que nuestra respiración fluye sin restricciones, libre de él, de sus huesos y sus humores.

El problema es que hay demasiadas voces, demasiadas preguntas, y nosotras carecemos de herramientas de rescate, habiendo sido niñas, risueñas, ignorantes y tontas cuando él nos secuestró. Niñas congeladas en el tiempo, todavía abrumadas, confundidas, sin idea de dónde hemos aterrizado.

Será más tarde, después de que él se ahorque en su celda con un pedazo de cuerda igual a aquella en la que pareció convertirse cuando lo arrestaron. Después de que su única hija, una vez nuestra compañera de clase, vaya a la cárcel por degollar a su propio bebé. Y mucho después de que nuestras familias —tras abrazarnos, tras decirnos que somos heroínas por sobrevivir— se retiren desilusionadas cuando se den cuenta de que sus niñas (nosotras) murieron de susto hace años en el suelo frío y húmedo de una habitación sin luz. Que solo somos facsímiles, dobles que no cantan, y que no hay redención en la salvación de almas demasiado dañadas para palabras.

Solo entonces comprenderemos: que estos cuerpos rescatados no son suficientes para vivir en esta tierra gimiendo, asintiendo, sacudiendo la cabeza en respuesta a la avalancha de preguntas. Dios mío, tantas preguntas.

Será ahí que regresaremos a la casa aquella a escudriñar las costillas de nuestras memorias aún esparcidas por la que fue nuestra cárcel, todo mientras intentamos no detenernos demasiado a mirar las demás partes de nosotras, las que se quedarán allí.

Lo único que queremos salvar son nuestras voces. Las tres, esta vez, aunque sea solo para poder por fin formular una pregunta realmente nuestra: ¿Cómo se atreven todos, cómo se atreven a llamarnos afortunadas?

CODA: LAS AFORTUNADAS

Querido/a/e lector/a/e,

En 2008 trabajé como productora ejecutiva de un programa sobre personas desaparecidas. El primer caso que llevamos al aire fue el de una adolescente que desapareció en el trayecto entre su escuela y su casa. Las autoridades pensaron que se había ido con algún novio. Que era una huida voluntaria. Que no había nada más que hacer.

Pero su madre sabía que eso era imposible. No hablaba desde la esperanza, sino desde una certeza profunda. Caminaba cada mañana y cada tarde ese mismo tramo. Se detenía cuando sonaba el timbre. Miraba los rostros que salían. Buscaba. Durante años. Y cuando me decía que su hija seguía viva, yo le creía.

Años después, el país conoció la noticia: en Ohio, un hombre había mantenido cautivas a tres adolescentes durante años. Entre ellas estaba la chica cuyo rostro yo había observado durante semanas mientras preparábamos el episodio. Fue encontrada exactamente en el lugar que su madre había señalado siempre: en ese trayecto entre la escuela y la casa, en un sótano debajo de otro sótano.

Verlas vivas por televisión fue una alegría inmensa. Pero también despertó en mí la necesidad de comprender todo lo que no habíamos sabido entonces. De leer cuanto pude sobre lo que implica sobrevivir a algo así. Sobre lo que queda adentro y lo que sienten las familias que esperan y saben, incluso cuando nadie más cree.

Este relato que acabas de leer no cuenta esa historia. Solo intenta, con respeto, comprender qué ocurre dentro de quienes sobreviven. Imaginar cómo se entrelazan el amor y el miedo cuando la libertad finalmente llega.

Si te resultó difícil de digerir, no estás solo/a/e. Pero lo hiciste. Y leer lo que duele también nos fortalece para mirar de frente otras cosas difíciles.

Te abrazo,
Anja

HERIDAS CON PIERNAS

El asesinato de las mujeres también es
una destrucción del territorio.
—Moira Millán, activista mapuche

San Juan, Puerto Rico, 2052

Todas eran iguales. Malditas indómitas.

Desde la más bajita hasta la más alta, desde la más joven hasta la anciana de pómulos altos y postura rígida que caminaba en círculos, el cabello enrollado en un moño enorme en lo alto de su corona como una reina venida a menos, su negrísima piel empapada en la sangre de sus hijos.

Y tenían historias que contaban en aullidos, los dientes rechinando antes —y después— de cada alarido monstruoso. El sonido escapándose de entre labios que escondían bocas ya vacías de aquellos dientes de leche que habían sido seguidos tan de cerca por bebés que nacieron desesperados desde el vientre, desgalillándose de tanto gritar.

Así eran las obreras, las burócratas, las escritoras. Las madres y las maestras, con sus sacrificios eternos. Aquellas bestias hermosas como las que ya no se encuentran, llamáranse Natasha, Teresa, Minerva, Carmen, "la mujer" o sencillamente "esa".

Todas contando el mismo cuento. Con las mismas escenas convertidas en las mismas heridas. De Vieques a Mayagüez y de la Franja de Santurce a Ponce. Sombras violáceas de pies a cabeza, el país tatuado a golpes bajo la piel.

Eras demasiado joven para recordar, mi niño, pero eso eran para entonces aquellas mujeres: heridas con piernas. ¿Cuándo fue que se convirtieron en eso? Quién sabe. Tomó tiempo, mucho tiempo. Creo que pudo haber sido cuando se dieron cuenta de que el estatus político de este archipiélago no importaba tres carajos, que el partido en el poder siempre sería EL PODER.

Contando los cuerpos de sus hermanas fue que se percataron de que la verdad yacía en el suelo, muerta al lado de sí misma, y de que nada había cambiado desde los años de sus madres. Que todas las llamadas "puertorriqueñas" —vivieran acá adentro o allá afuera— eran presas de una historia que se repetía con distintas protagonistas, como telenovela de Delia Fiallo. Un patrón de costura que construía por partes el mismo edredón histórico. Una vieja canción escupida en denuncia de colonizadores que las vendieron a amos que jamás las entenderían.

Hasta que se hartaron.

Hasta que se cansaron de remendar labios hinchados y de vender en la calle pozuelos de caldo hecho con los huesos de las caderas de sus hijas. Hasta que se les acabó la paciencia epigenética a las nuevas bestias y comenzó la transformación, por ahí por el 2027 más o menos: los colmillos convirtiéndoseles en cuchillos afilados; las piernas en tijeras de muslo asesino apenas sujetas por un eje mortal: el de sus hermosos cuerpos lacerados; mutando desde la herida para dar paso al terrible desenlace de un Caribe sin ley, repleto de mujeres puertorriqueñas vueltas salvajes por hombres.

AYUDA PARA BICHOTAS

Querida bichota:

No importa lo que hayas soportado hasta hoy. Tenemos que vivir en un mundo patriarcal y hacemos lo mejor que podemos con lo que sabemos. Cuando llegue el momento de cambiar las cosas para mejor, solo quiero que sepas, que recuerdes, que hay ayuda.

En esta sección comparto contigo recursos. Es posible que ya los datos estén desactualizados para cuando leas estás páginas o que vivas fuera de los Estados Unidos o de Puerto Rico y los códigos sean otros. No importa. Lo importante es que sepas que existen estos recursos y te propongas buscar las versiones actualizadas de apoyo que existen y operan en todos los países del mundo.

Quizás se te ha olvidado que eres una bichota. Un hombre, o muchos, te han hecho sentir loca, equivocada, mala, vulgar, puta, sin derechos, desobediente, inútil, bruta, histérica, exagerada, irresponsable, miedosa o cobarde. Quizás otras mujeres —entrenadas por el patriarcado— te han tildado de mala madre, interesada, fea, gorda, flaca, vaga, anormal, indeseable, poca cosa, drogadicta, alcohólica, malagradecida, ¿ya mencioné loca?

Pero no es cierto. Nada de eso es cierto más allá del contexto de un momento, o de varios. Son las cosas que dicen esos hombres (los patriarcales) que saben que se le está acabando el tiempo a su abuso. Tú, como yo, eres una bichota, siempre lo has sido, y las bichotas buscan ayuda para ellas y para sus hijos.

Toda la suerte.
Te quiero mucho,
Anja

Miami, Florida
24 de marzo de 2026

En Estados Unidos:

National Domestic Violence Hotline
800-799-7233
https://www.thehotline.org/

En Puerto Rico:

Ayuda Legal Puerto Rico
ayudalegalpr.org
https://ayudalegalpr.org/resource/violencia-domsti-ca-a-dnde-llamar

Para orientación:

- Coordinadora Paz para la Mujer: 787-281-7579, 787-777-0378

- Línea de ayuda para víctimas de violencia doméstica y sexual 939-CONTIGO (24 horas): 939-266-8446
- Línea de apoyo Community Alliance for Integrated Services to Victims (Proyecto CAISS, 24 horas): 939-255-9800
- Línea de apoyo Hogar Nueva Mujer (24 horas): 787-202-4634
- Línea de apoyo Proyecto Matria (24 horas): 787-489-0022
- Línea de ayuda 24/7 de Taller Salud: 787-697-1120
- Línea de orientación legal para sobrevivientes de violencia de género de la Casa Protegida Julia de Burgos (de martes a jueves de 4:00 p. m. a 7:00 p. m.): 939-301-0525
- Oficina de la Procuradora de las Mujeres:
  Línea de emergencia: 787-722-2977
  Línea de emergencia fuera de área metro: 1-800-981-9676
  San Juan: 787-721-7676

Albergues:

- Casa de la Bondad: 787-852-7265 / 787-852-2087
- Casa de Todos: 787-734-5511 / 787-734-3132
- Casa Protegida Julia de Burgos: 787-723-3500 / 787-723-3520 / 787-284-4303
- Hogar Ruth: 787-883-1884 / 787-883-1805
- CAPROMUNI: 787-831-2272 / 787-879-3300
- Hogar La Piedad: 787-743-7658 / 787-258-5162
- Iniciativa Comunitaria: 787-283-1520 / 787-755-6204

Centros de servicio de asistencia legal y psicológica, entre otros:

- Apoyo y servicios a víctimas del crimen (Utuado): 787-894-9442 / 787-894-7639
- Casa de la Bondad (Humacao): 787-852-7265
- Casa Pensamiento Mujer del Centro (Aibonito): 787-735-6698
- Casa Protegida Luisa Capetillo (Arecibo): 787-880-6944 / 787-878-1935
- Centro Comunitario LGBTT de Puerto Rico: 787-294-9850
- Centro de Apoyo para Víctimas del Crimen (CAVIC): 787-763-3667
- Centro de Ayuda a Víctimas de Violación (CAVV): 787-765-2285
- Centro de Transformación y Ayuda a Sobrevivientes de Violencia de Género (Ce-Transforma): 787-765-4500
- Centro Integral de Apoyo a Víctimas (CIAV): 787-999-9545
- Centro de la Mujer Dominicana: 787-772-9251
- Centro Salud Justicia de Puerto Rico (Escuela de Medicina San Juan Bautista en Caguas): 787-743-3038 ext. 210
- Centro Nueva Mujer y Nueva Familia (Barranquitas): 787-857-4685
- Centros Sor Isolina Ferré: 939-732-2771
- Casa Juana Colón Apoyo y Orientación a la Mujer, Inc. (Comerío): 787-875-3170
- Envejecer en Armonía, Inc. (Aibonito): 787-735-2126

- Fundación Alas a la Mujer, Inc.: (787) 200-5170 / 787-783-4535 / 787-900-2166
- La plataforma Centro Alas Virtual, creada por la Fundación Alas a la Mujer, Inc. durante la pandemia de COVID-19, provee acompañamiento remoto, grupos de acompañamiento y recursos educativos en línea a través de Facebook e Instagram.
- Hogar Nueva Mujer Santa María de la Merced, Inc. (Cayey): 787-263-6473 / 787263-8980 / 787-548-0709
- Iniciativa Comunitaria: 787-250-8629 ext. 501, 503
- Línea de ayuda para víctimas de violencia doméstica y sexual 939-CONTIGO: 939-266-8446
- Oficina de la Mujer (Municipio de Caguas): 787-704-2020 / 787-653-8833 ext. 2939
- Oficina para el Desarrollo Integral de la Mujer (ODIM, Municipio de San Juan): 787-480-6832 / 787-480-6831
- Oficina para la Promoción y el Desarrollo Humano (Arecibo): 787-817-6951
- ProFamilias: 787-765-7373 / 787-264-0000 / 787-751-0820
- Programa Contigo Mujer Coameña (Municipio de Coamo): 787-825-7275
- Programa Ven a mí, exprésate (VAME): 787-879-3300
- Proyecto de Derechos de las Mujeres (American Civil Liberties Union): 787-753-8493
- Proyecto de Justicia Integral para Mujeres (Servicios Legales de Puerto Rico, Inc.): 787-728-5070 / 1-800-981-5342

- Proyecto RAMA (Municipio de Carolina): 787-757-2626 ext. 8435, 8436, 8437, 8445 y 8446
- Proyecto Matria (autogestión económica): 787-704-2222 / 787-703-0148
- Taller Salud: 787-876-3440 / 787-256-7568

Universidades:

- Centro de Apoyo para Víctimas del Crimen (CAVIC): 787-763-3667
- Centro Integral de Apoyo a Víctimas (CIAV): 787-999-9545
- Centro Mujer y Salud (UPR Recinto de Ciencias Médicas en Río Piedras): 787-758-2525 ext. 1360, 1368
- Centro Salud Justicia de Puerto Rico (Escuela de Medicina San Juan Bautista en Caguas): 787-743-3038 ext. 210
- Programa de Prevención de Violencia hacia las Mujeres (UPR Humacao): 787-850-0000 ext. 9629
- Programa de Violencia Doméstica, Clínica de Salud Mental de la Comunidad, Universidad Carlos Albizu
    - ◊ San Juan: 787-725-6500 ext. 1107 y 1117
    - ◊ Citas: 787-724-2222 / 787-724-2272
- Pro-Bono VIVID (UPR, Escuela de Derecho): probonovivid@gmail.com
- Proyecto de Apoyo a Mujeres Sobrevivientes de Violencia Doméstica Siempre Vivas (UPR Mayagüez): 787-883-8242
- Proyecto Construyendo Equidad entre Géneros (UPR Carolina): 787-257-0000 ext. 4709, 4799
- Proyecto de Estudios de las Mujeres, Pro-Mujeres (UPR Cayey): 787-738-2161 ext. 2116, 2117, 2057

BANDA SONORA PARA LEER *LAS BICHOTAS*

Altoparlante:

"Plástico" por Willie Colón y Rubén Blades
https://www.youtube.com/watch?v=KPWvD5vbJ8I

"Bichota" por Karol G
https://www.youtube.com/watch?v=QaXhVryxVBk

"Oye" por Vico C
https://www.youtube.com/watch?v=-3dIvzrWZBA

"Not Afraid" por Eminem
https://www.youtube.com/watch?v=j5-yKhDd64s

De mangós y murciélagos en el Viejo San Juan:

"Aunque sea un momento" por Kany García
https://www.youtube.com/watch?v=_I3Yikq997A

"Luka" por Suzanne Vega
https://www.youtube.com/watch?v=VZt7J0iaUD0

"Wonderful" por Everclear
https://www.youtube.com/watch?v=MUfgAbFY4CA

"Cuéntame" por Ana Belén y David San José
https://www.youtube.com/watch?v=dVD_KzY8IY8]

Alguna vez en un cuarto azul:

"Tu corazón ya no aguanta pela" por Vico C
https://www.youtube.com/watch?v=p8SnpClptZg

"Temes" por iLe
https://www.youtube.com/watch?v=LCQpUnKe97w

"Que nadie me levante la voz" por Bebe
https://www.youtube.com/watch?v=DapvBgtwh_Y

"Para nada" por Rosana
https://www.youtube.com/watch?v=e-IDD3pRztM

Teresa trasciende la morgue:

"Un violador en tu camino" por Colectivo Las Tesis (Versión Bomba puertorriqueña)
https://www.youtube.com/watch?v=aB7r6hdo3W4

"Caníbal" por iLe
https://www.youtube.com/watch?v=pyrCD4Nd2K0

"Tu pueblo es mi pueblo" por Danny Rivera
https://www.youtube.com/watch?v=7edqqNUyp58

"Strawberry Fields Forever" por Los Fabulosos Cadillacs
https://www.youtube.com/watch?v=-bnRRLcPyXo

Pájara:

"Un verano en Nueva York" por El Gran Combo de Puerto Rico, seguido de "NUEVAYoL" por Bad Bunny
https://www.youtube.com/watch?v=HBkZRS8gTdg
https://youtu.be/KU5V5WZVcVE?si=3VTED9I0KrE-KOBVA

"Pájaro herido" por Kany García
https://www.youtube.com/watch?v=wXGxOMN2pig

"Light My Candle" por Rent
Original Broadway Cast Recording por Daphne Rubin-Vega y Adam Pascal
https://www.youtube.com/watch?v=UkmEwXbLTDQ

"Libre" por Nino Bravo
https://www.youtube.com/watch?v=TQkAIx4YjSo

Botella:

"Dutty Love" por Don Omar ft. Natti Natasha
https://www.youtube.com/watch?v=x622Sqjub-s

"Acróstico" por Shakira
https://www.youtube.com/watch?v=ToQ5jVj1Ppo

"Fuck You" por Lily Allen
https://www.youtube.com/watch?v=o8VZX4sHn-4

"Nuestra canción" por Elvis Crespo
https://www.youtube.com/watch?v=fzvCLpGB10M

La buena fortuna de Doña Minerva:

"Le Freak" por Nile Rodgers y Chic
https://www.youtube.com/watch?v=9i6bCWIdhBw

"Proud Mary" por Tina Turner
https://www.youtube.com/watch?v=T2T5_seDNZE

"Déjame vivir" por Jarabe de Palo ft. La Mari de Chambao
https://www.youtube.com/watch?v=o0j3CzLJ4lM

"Canción sin título" por Marta Valdés
https://www.youtube.com/watch?v=UA2ytXN_TN8

El color del frío: Formas de matar en Miami:

"Todo tiene su final" por Héctor Lavoe y Willie Colón
https://www.youtube.com/watch?v=xQI3rPbbmXw

"Love the Way You Lie" por Eminem ft. Rihanna
https://www.youtube.com/watch?v=uelHwf8o7_U

"Historia de un sueño" por La Oreja de Van Gogh
https://www.youtube.com/watch?v=RQlPmkDqZlQ

"La cuna blanca" por Raphy Leavitt
https://www.youtube.com/watch?v=T_Lw3o915lQ

La salida es por aquí:

"Bongos" por Cardi B ft. Megan Thee Stallion
https://www.youtube.com/watch?v=Ux1f1Q8Zxhk

"Algo bonito" por iLe ft. Ivy Queen
https://www.youtube.com/watch?v=cglgGAMD5-g

"Avant Toi Zouk" por Slimane ft. Vitaa
https://www.youtube.com/watch?v=HyMXpawMWfM

"DPM (De puta madre)" por Kany García
https://www.youtube.com/watch?v=30bpKbrhqek

Carmen en el jurado:

"Hijos del cañaveral" por Residente
https://www.youtube.com/watch?v=7_e4r805CX4

"Limbo" por Daddy Yankee
https://www.youtube.com/watch?v=6BTjG-dhf5s

"Mi negrita me espera" por Ismael "Maelo" Rivera
https://www.youtube.com/watch?v=6cSYmjADj0k

"Warning" por Watoto From The Nile
https://www.youtube.com/watch?v=M-Utk_g7y4A

Las afortunadas:

"Te lloré un río" por Maná
https://www.youtube.com/watch?v=z4HvWIJp62U

"Si no te hubieras ido" por Marco Antonio Solís
https://www.youtube.com/watch?v=gH8oCh1nn88

"Peaches" por Jack Black como Bowser
https://www.youtube.com/watch?v=aW7bzd8uwyQ

"Un beso y una flor" por Nino Bravo
https://www.youtube.com/watch?v=Qut38W0s678

Heridas con piernas:

"De bandazo" por Choco Orta y Chamir Bonano
https://www.youtube.com/watch?v=M5ZaqRqz_FE

"TURiSTA" por Bad Bunny
https://youtu.be/H7-7TXXnw8I?si=bOXYYTYTQUz-MX8TN

"Madera Fina" de Yordano
https://youtu.be/ZqDzSj4Nh3Y?si=-jJEBdET-gA-RYRlP

"Caza de pañuelos" por Rayden
https://www.youtube.com/watch?v=sYkkGzrlZik

"La Borinqueña" original cantada por Danny Rivera
https://youtu.be/wI4pWl7Z1yU?si=sDR8s05jtfr-vEaXN

DIECISIETE LIBROS PARA DESPUÉS DE LEER *LAS BICHOTAS*

Una de las maneras en que las mujeres accedemos a la gracia del universo es a través de las experiencias vividas por otras mujeres. Por eso algunos libros nos salvan, funcionando como un catálogo de vidas y mostrándonos las posibilidades que alberga la nuestra. A continuación, sin un orden en particular, te dejo diecisiete títulos de entre los cientos que creo que toda mujer debería tener el privilegio de leer. Ninguno es un libro de texto de estudios de mujeres y no necesariamente pertenecen a la literatura feminista clásica. Son simplemente libros bellamente escritos, cautivadores, que tratan sobre mujeres que navegan los desafíos de la vida y, muy a menudo, emergen triunfantes del otro lado. Son libros que me han sostenido, guiado o revelado diferentes formas de ser, de vivir y de amar. Por supuesto, es una lista tremendamente incompleta, pero puedes visitar anjanettedelgado.com para acceder a una lista más extensa y contribuir con tus títulos favoritos.

1. *Las Madres*, 2023
Esmeralda Santiago

2. *Mujeres violentas*, 2011
Mayra Santos-Febres

3. *Hermana otra (Sister Outsider)*, 1984
Audre Lorde

4. *Mujeres del alma mía*, 2020
Isabel Allende

5. *Buenas noches, Irene (Good Night, Irene)*, 2023
Luis Alberto Urrea

6. *Luz de febrero (Olive, Again)*, 2019
Elizabeth Strout

7. *Recuerdos de mi inexistencia (Recollections of My Nonexistence)*, 2020
Rebecca Solnit

8. *Nosotros los animales*, 2011
Justin Torres

9. *Antes que isla es volcán*, 2022
Roque Raquel Salas Rivera

10. *Las cosas que perdimos en el fuego*, 2016
Mariana Enríquez

11. *La muerte soborna a Pandora*, 1956
María Angélica Bosco

12. *Ellas hablan (Women Talking)*, 2018
Miriam Toews

13. *Mujeres de ojos grandes*, 1990
Ángeles Mastretta

14. *El mal de la taiga*, 2012
Cristina Rivera Garza

15. *Poemas para fomentar el turismo*, 2012
Mara Pastor

16. *Fiebre de carnaval*, 2022
Yuliana Ortiz Ruano

17. *El buen mal*, 2024
Samanta Schweblin

QUINCE PELIS PARA DESPUÉS DE LEER *LAS BICHOTAS*

Ay, el cine. Son tantas las películas, y hay tantas películas buenas sobre mujeres. Incluso, algunas están hechas por nosotras. A continuación, un puñado de mis favoritas, listadas con sus títulos originales para que sea más fácil encontrarlas. Si tienen algo en común es que las mujeres en estas películas se salvan a sí mismas al final, aunque sea a su manera. Visítame en anjanettedelgado.com para leer más recomendaciones o para contribuir con las tuyas.

1. *La pecera*, 2023
Glorimar Marrero

2. *Faraway*, 2023
Vanessa Jopp

3. *All the Beauty and the Bloodshed*, 2022
Laura Poitras

4. *Women Talking*, 2022
Sarah Polley
(Basada en la novela homónima de Miriam Toews)

5. *Hidden Figures*, 2017
Theodore Melfi
(Basada en la obra de no ficción homónima de Margot Lee Shetterly)

6. *Violette*, 2014
Martin Provost

7. *She's Beautiful When She's Angry*, 2014
Mary Dore

8. *Mona Lisa Smile*, 2003
Mike Newell

9. *Lost in Translation*, 2003
Sofia Coppola

10. *Real Women Have Curves*, 2002
Patricia Cardoso
(Basada en la obra de teatro homónima de Josefina López, coescritora del guion)

11. *Little Voice*, 1998
Mark Herman

12. *Eve's Bayou*, 1997
Kasi Lemmons

13. *The Piano*, 1993
Jane Campion

14. *Fried Green Tomatoes*, 1991
Jon Avnet
(Basada en la novela homónima de Fannie Flagg)

15. *The Color Purple*, 1985
Steven Spielberg
(Basada en la novela homónima de Alice Walker)

AGRADECIMIENTOS Y CRÉDITOS

Nadie escribe en el vacío. Necesitamos de otros para sobrevivir mientras escribimos, en especial si lo que escribimos nos duele o es difícil de contar. Si una tiene suerte, con cada libro va coleccionando almas amigas, apoyos, fuentes de luz, belleza, risa y solidaridad. Las mías, las que me apoyaron mientras escribía *Las bichotas*, se llaman: Esmeralda Santiago, Mayra Santos-Febres, Roque Raquel Salas Rivera, Nancy Zafris, Jennifer Maritza McCauley, Sandra Guzmán, Silvia Matute, Rita Jaramillo, Hernán Vera Álvarez, Pedro Medina León, Gastón Virkel, Yeni Álvarez, Verónica Mezzini, Frances Negrón-Muntaner, Jenny Molberg, Adam McGee, Ivelisse Rodríguez, Amina Gautier, Mariana González, Jaquira Díaz, Claire Jiménez, Isvett Verde, Carlos Pintado, Marina Pruna y Teresa Dovalpage.

De seguro se me olvidan unos cuantos nombres. A esas almas adoradas, de rodillas les pido perdón.

A mi editora, Rita Jaramillo, por su fe y su amor incondicional.

A mi agente, Maria Cardona Serra. Amor y solidaridad a primera vista. Dichosa de caminar contigo.

Este libro, además de ser para todas las bichotas del mundo, es para Daniel, Vanessa, Verónica, Lucy, Yadira, Solange, Migdalia, Helga y Berta. Les amo.

~

Me queda agradecer por las versiones anteriores de estas historias que fueron publicadas en las antologías y publicaciones que menciono a continuación. Mi gratitud eterna a los editores que las escogieron y les dieron cariño, a los traductores que les dedicaron su tiempo, a los amigos que leyeron e hicieron sugerencias:

"La buena fortuna de Doña Minerva" nació como "The Good Fortune of Minerva Green", y fue publicada en el 2023 en la revista literaria *Prairie Schooner*, y en el 2026 en la antología *Por mujeres* editada por Alexandra Pagán Vélez.

"Altoparlante" fue publicada en su español original en la antología *Escritorxs Salvajes*, de Hernán Vera Álvarez (Hypermedia, 2019). Ese mismo año, fue traducida al inglés como "Loudspeaker" y publicada por el portal del *Boston Review*.

Una versión temprana de "De mangós y de murciélagos en el Viejo San Juan" fue publicada como "Ángeles negros" en la antología *Ellas cuentan*, de Gizella Meneses y

Melanie Márquez Adams (Sudaquia Editores, 2019). Una versión acortada, titulada "De mangós y de murciélagos", fue publicada en una edición especial en español del *Hostos Review* (CUNY) ese mismo año.

"Las afortunadas" nació como "Lucky" y fue publicada en la revista *Pleiades* en el 2019. Fue traducida del inglés original por mí, y apareció en la antología *Escritorxs Salvajes*, de Hernán Vera Álvarez (Hypermedia, 2019). Luego, fue traducida por el poeta y traductor puertorriqueño Roque Raquel Salas Rivera y apareció en la antología *Daughters of Latin America*, editada por Sandra Guzmán, en inglés y español (Harper Collins y Harper Collins Español, 2023).

"Pájara" fue publicada en su inglés original en el portal del *Four Way Review* en el 2020, y traducida/reescrita por mí para este libro.

"Alguna vez en un cuarto azul" nació como "Once in a Blue Room" y fue publicada en el 2018 en la revista literaria *The Kenyon Review*. Fue traducida por Antonio Díaz Oliva y adaptada por mí para este libro.

Una versión de cien palabras de "Teresa trasciende la morgue" fue publicada en la antología *266 microdosis de Bolaño* (La Conjura, 2024, Buenos Aires).

"El color del frío: Formas de matar en Miami" fue publicada como "Formas de matar en Miami" en la antología *Noir Tropical*, de Hernán Vera Álvarez, Pedro Medina León y Gastón Virkel (SED, 2023).

La cita que aparece en la dedicatoria de este libro se refiere a la estrofa icónica escrita e interpretada por la rapera puertorriqueña Ivy Queen, como parte de la canción "Los 12 discípulos". El título *Las bichotas* está inspirado en la canción del mismo nombre de la artista colombiana Karol G, y varias citas importantes que aparecen en el libro pertenecen a canciones escritas e interpretadas por iLe. Para estas tres maravillosas bichotas, mi amor, mi agradecimiento y mi admiración.

GUÍA DE ESTUDIO

Antes de comenzar la guía:

Si llegaste hasta aquí, ya atravesaste el libro. Eso no es poco.

Las bichotas no es una lectura cómoda. No fue escrita para serlo. Muchos de estos cuentos nacen de preguntas que incomodan, de situaciones que preferiríamos no mirar de frente y de decisiones que no siempre sabemos cómo juzgar.

Pero este libro no fue escrito desde el enojo. Fue escrito desde una ética del cuidado amoroso. El feminismo no es un género. Es una manera de querer. Aquí el feminismo no aparece como una guerra contra los hombres, sino como una forma de estar en el mundo donde nadie tiene que achicarse para que otra persona se sienta cómoda. Por eso, a veces, las protagonistas incomodan. Porque están intentando —a su manera, con sus contradicciones— volver habitable su propia vida.

Tal vez mientras leías sentiste rabia. O tristeza. O incomodidad. O identificación. O rechazo. Todo eso es parte de la experiencia del libro. Leer lo que duele también nos entrena para mirar de frente otras cosas difíciles.

Esta guía no busca que "entiendas correctamente" los cuentos. Busca acompañarte a pensar en lo que se movió en tu interior mientras leías.

Tómate tu tiempo. Vuelve a las preguntas que más te llamen. Escribe si lo necesitas. Conversa si puedes. Y, sobre todo, date permiso de no tener respuestas perfectas.

Te abrazo,
Anja

A. Preguntas para reflexionar y conversar

1. Después de leer el libro completo, ¿cómo definirías ahora el término *bichota*?
2. ¿Qué papel juega el marco del libro (citas, cartas, definiciones) en tu forma de leer los cuentos?
3. ¿En qué momentos sentiste incomodidad moral con las decisiones de las protagonistas? ¿Por qué?
4. ¿Qué formas de violencia aparecen en los relatos? (Explícitas, simbólicas, sociales, médicas, legales, raciales).
5. En cada cuento, ¿qué significa "tomar el control"? ¿Siempre implica lo mismo?
6. ¿Cómo se relacionan el cuerpo femenino y el poder en estas historias?
7. ¿Qué papel juegan el miedo y la intuición en las decisiones de las protagonistas?
8. ¿Cómo se representan los hombres en los cuentos? ¿Son personajes individuales o representan estructuras más grandes?
9. ¿Dónde ves actos de cuidado, aunque se expresen como desobediencia o confrontación?
10. ¿Hay justicia en estos relatos? ¿Legal, poética, emocional?
11. ¿Qué cuento te resultó más difícil de leer? ¿Qué removió en ti?
12. ¿Cómo dialogan estas historias con la realidad actual de la violencia contra las mujeres y personas feminizadas?

13. En el cuento donde una mujer decide no luchar más contra su enfermedad, ¿cómo se redefine la idea de empoderamiento?
14. ¿Qué emociones predominan en el libro: rabia, amor, miedo, dignidad, ternura? ¿Cómo conviven?
15. ¿Qué significa para ti "te incomodo porque me importas" después de leer estas historias?

B. Ejercicios individuales o de grupo

1. Escribe tu propia definición de *bichota* en una oración.
2. Haz una lista de "límites no negociables" inspirada en las protagonistas.
3. Elige una frase del libro que se te haya quedado grabada y escribe una página explicando por qué.
4. Reescribe el final de uno de los cuentos desde el punto de vista de otro personaje.
5. Identifica un momento en tu vida (o en la de alguien cercano) en que "tomar el control" fue necesario.
6. Haz tu propia lista de libros, películas o canciones que te hagan sentir poderosa/o/e.
7. Debate: ¿la violencia ejercida por algunas protagonistas es liberación, supervivencia, justicia o venganza?
8. Escribe una carta a una de las protagonistas.
9. Describe cómo el miedo se transforma en acción en al menos un cuento.
10. Imagina cuál de estas historias funcionaría mejor como película. ¿Por qué?
11. Dibuja o describe la imagen que para ti representa a una bichota.

12. Después de esta lectura, ¿cómo ha cambiado tu idea de "empoderamiento"?
13. ¿Qué partes del libro te hicieron sentir acompañada/o/e?
14. ¿Qué conversación difícil crees que este libro invita a tener y con quién?
15. Si este libro fuera una advertencia y un abrazo al mismo tiempo, ¿qué parte es cuál?
16. Piensa en una mujer a la que has limitado con tu opinión. ¿Cómo manejarías ahora esa conversación, si pudieras volver a tenerla?

Gracias por interactuar con esta guía de estudio. Conversar o contar es sanar. Transmitir nuestras historias es resistencia.